Kadokawa Fantastic Novels

1

歡迎來到實力至上主義的教室

衣笠彰梧 × トモセシュンサク

綾小路清隆
男主角。入學考試的筆試、實技測驗都獲得了平均以下的分數，因此被當做普通人看待。大力招募朋友中。
「我呀，想成為堀北同學的朋友。」
櫛田桔梗
對男女皆能圓融周到對待，天使般的美少女。在班上理所當然也是人氣第一。

「您認為現在的日本、這個社會平等嗎？」

歡迎來到實力至上主義的教室①

Welcome to the Classroom of the supreme principle of force

contents

歡迎來到
實力至上主義的教室 1
lcome to the Classroom of the supreme principle of force
衣笠彰梧
KINUGASA SYOUGO
トモセシュンサク
TOMOSESHUNSAKU
Kadokawa Fantastic Novels

彩頁、內文插畫／トモセシュンサク

日本的**社會結構**

雖然很突然，但我想請你稍微認真聽我所提出的問題，並試著思考答案。

試問，人是否皆為平等？

當今現實社會不斷疾呼著「平等、平等」。

人們經常呼籲兩性之間應當對等，也拚命想消除其中差別。

「提昇女性就業率吧」、「設置女性專用車廂吧」——有時就連名冊的排列順序都吹毛求疵。

由於不應帶有歧視，連殘障者這個字眼，輿論也倡導改變措辭為「身心障礙者」。現在的孩子們也被灌輸著人人平等的觀念。

這真的正確嗎？——我如此抱持疑問。

男女能力上有所差異，所負職責也不相同。再怎麼想鄭重其事地表達，也不會改變對方是身心障礙者的事實。就算不去直視也沒有任何意義。

也就是說，答案為否。人是不平等的生物及存在。根本不存在平等的人類。

過去有個偉人曾說——上天不在人上造人，亦不在人下造人。然而，這並非是在訴說眾人皆平等。

沒錯，大家應該知道這段極為知名的名言還有接續吧？

接續是這樣的。文章上問道，雖然人生而平等，那為什麼還是會出現工作及身分的差異呢？而接著也如此寫著——

會出現差別，乃在於有無苦心鑽研學問。

文章表示，產生差別的關鍵就在此處。這就是極為有名的文章《勸學》。

然後，至少在迎接二〇一五年的現代，這個教誨在事實上也絲毫沒有改變。但是，不平等的情勢卻變得更加複雜和嚴重了。

總之……我們人類是能夠思考的生物。

就算不平等，但我不認為順從本能就這樣生活下去是正確的。

換句話說，雖然平等這些話語盡是謊言，但不平等也是件讓人難以接受的事實。而我現在正

試圖尋找出對人類來說是永遠課題的新答案。

喂，現在手中拿著這本書，正在閱讀的你。

你認真思考過關於將來的事情嗎？

你有思考過上高中、大學的意義是什麼嗎？

有沒有想過，現在雖然還懵懵懂懂，但未來應該會不知不覺間就開始工作了呢？

至少我這麼想過。

結束義務教育，成為高中生的時候，我還沒有察覺。

我只對拋開了義務這個詞彙，成為自由之身的這件事情感到喜悅。

我沒有發現這個瞬間自己正以現在進行式對自己的未來、人生造成巨大影響。甚至連在學校裡學習國語、數學的意義為何，我也不曾理解。

「綾小路同學，能不能打擾你一下？」

來了，我所害怕的狀況果然來了。

那傢伙來到了若無其事裝睡的我身旁。

惡魔登場，前來喚醒正在面對內心及現實社會狀況（正在打瞌睡）的我。

我的腦中傳來了蕭士塔高維契的〈第十一號交響曲〉。現在的我，非常適合巧妙表現出人們被惡魔追趕、逃竄，以及宣告世界末日之絕望的這首曲子。

即使閉著眼我也可以感受到，站在我旁邊的惡魔對奴隸的甦醒望眼欲穿，其散發的那股非比尋常的氣場……那麼，身為奴隸的我，該如何打破這個現況呢……

為了迴避危險，我全速運轉大腦，瞬間推導出答案。

結論是……我決定假裝沒有聽到，並將此命名為「假睡」作戰。用這招混過去。

若是溫柔的女孩子，應該會說「真是的，真沒辦法耶~吵醒你太可憐了，放你一馬吧☆」，並且饒過我才對。

或者「……要是不起來就親下去嘍。啾！」這樣的模式也ＯＫ。

「現在起三秒之內，要是你不聲明自己醒著，我就要對你加以制裁。」

「……制裁是什麼啊！」

才間隔不到一秒，假睡作戰就被識破了。我屈服於武力威脅之下。

即使如此也不把頭抬起，算是我唯一的抵抗。

「看吧，果然醒著。」

「我已經充分了解到惹妳生氣的話會很可怕。」

「很好。那麼能夠占用你一些時間嗎？」

「……如果我說不要呢？」

「我想想……雖然你沒有權利拒絕，不過我應該會非常不高興吧。」

接下來這傢伙更繼續說道：

「如果我變得不高興，今後綾小路同學的校園生活也將招致巨大的阻礙。對了，例如像是椅子上被放置無數圖釘、進廁所後被從正上方潑水，或是有時被圓規的針刺到等等諸如此類的現象。」

「這只是騷擾吧……不對，這豈不是霸凌嗎！而且最後那個該說格外逼真嗎？我記得我曾經被刺過耶！」

我無可奈何地從趴在桌上的狀態挺起身子。

在正側方，黑髮飄揚，擁有美麗且銳利眼神的少女正俯視著我。

她的名字叫堀北鈴音。就讀高度育成高級中學一年D班，是我的同班同學。

「放心，剛才只是開玩笑的。我不會從正上方潑你水。」

「重點是圖釘還有圓規的部分吧！妳看這個！還留有被刺過的痕跡！要是變成永久性疤痕，妳打算怎麼負責啊？妳說啊！」

我捲起右手袖子，把留有被刺痕跡的上臂伸到堀北眼前。

「證據呢？」

「咦——？」

「所以我說證據呢？你明明連證據都沒有，就斷定我是犯人嗎？」

我的確沒有證據。位於能用針刺我的距離內的就只有鄰座的堀北。被扎到後確認周遭，是看到了堀北在調整圓規，然而這很難說是決定性的證據……

不過比起這個，我現在還有件非確認不可的事情。

「果然一定得幫忙嗎？我有試著重新考慮，但還是——」

「喂，綾小路同學。邊痛苦邊後悔，以及邊絕望邊後悔，你比較喜歡哪個？你之前把不情願的我給強行拉回，因此理所當然得負起責任。沒錯吧？」

堀北式的不合理二選一選擇題被擺在眼前，看來要下這賊船似乎不會被允許。和這個惡魔訂下契約，是我判斷錯誤。我決定放棄，並臣服於她。

「……所以，請問我到底該做些什麼？還有該怎麼做呢？」

我戰戰兢兢地詢問。事到如今，無論被要求什麼，我都不會驚訝了。

真是的，為什麼事情會變成這樣？——就算不願意，我也不禁再次回想。

我和這名少女的相遇，從現在算起正好是在兩個月以前。那是入學典禮當天的事了……

1

四月。入學典禮。我坐在前往學校的公車上，隨著車身搖搖晃晃。當我無意義地眺望著窗外街景變換來打發時間，搭公車的乘客也逐漸增加。

同車的乘客，幾乎是身穿高中制服的年輕人。

等到發現時，車內的擁擠程度幾乎差點讓我誤會，那些被工作追著跑、充滿挫折感的上班族，會不會快要不小心犯下色狼行為。

在我前方不遠處站著的老婦人，現在也像是快要跌倒般腳步不穩，讓人覺得很危險。但既然

知道是這般乘車率卻還擠上車，那也算是自作自受。

對運氣好能確保座位的我來說，這些擁擠都與我無關。

就讓我忘了那名令人同情的老婦人，抱著清流般清爽的心情，等待抵達目的地吧。

今天晴空萬里，真令人神清氣爽啊，我簡直快就這麼睡著了。

然而，這份平靜的心情卻馬上煙消雲散。

「你不覺得你應該讓出座位嗎？」

我一瞬間嚇了一跳，睜開幾乎快閉上的雙眼。

咦，我該不會被罵了吧？

我如此心想，不過被勸告的人，好像是坐在稍微前方的男性。

一屁股坐在博愛座上的，是一個體格魁梧的年輕金髮男子——應該說是個高中生。剛才那名老婦人就站在他的正側邊，而一旁則站了身穿ＯＬ風格的女性。

「坐在那邊的你，難道沒看見老奶奶很困擾嗎？」

ＯＬ風格的女性，好像希望他將博愛座讓給老婦人。

ＯＬ的聲音清楚傳遍安靜的車內，自然而然吸引了周遭的目光。

「真是個Crazy的問題呢，Lady。」

我想少年應該會生氣或無視，不然就是乖乖服從，但結果都不對。少年咧嘴一笑，重新蹺起二郎腿。

「為何我就非得把座位讓給這位老婦人呢？根本就沒有任何理由吧。」

「你現在坐的位子是博愛座喔，當然要讓給年長者吧？」

「無法理解呢，就算是博愛座，也不存在任何必須讓座的法律義務。這時候要不要移動，是由目前擁有這個座位的我來判斷。年輕人就得讓位？哈哈哈！真是Nonsense的想法啊。」

這實在不像是高中生會有的說話方式。連頭髮都染成金色，有種不合時宜的感覺。

「我是個健全的年輕人，站著確實不怎麼會感到不方便，但是顯然比起坐著更耗體力。我不打算無意義地做這種沒好處的事情呢。還是說，妳會給我Tip呢？」

「這……這是對長輩講話的態度嗎！」

「長輩？妳跟老婦人比我度過了更長的人生，這是很一目了然、無庸置疑的。但所謂長輩，是指地位較高的人喔。而且妳也有問題，即使有年齡差距，妳不也擺出一副極為狂妄自大、非常目中無人的態度嗎？」

「什……！你是高中生吧？大人講話就給我乖乖聽！」

「好……好了啦……」

ＯＬ大動肝火，但老婦人似乎不願意讓事情鬧得更大。她以手勢安撫ＯＬ，然而，被高中生汙辱的她似乎還是滿肚子火。

「看來比起妳，老婦人還比較明理。哎呀，日本社會還是有些價值呢。妳就盡情地謳歌餘生吧。」

少年露出莫名的爽朗微笑，接著就戴上傳出轟轟噪音的耳機，開始聽起音樂。鼓起勇氣提出建議的那名ＯＬ，看起來很不甘心地咬牙切齒。

被比自己年紀還小的人，以根本就是強硬詭辯的說法給堵上嘴。少年自以為是的態度，想必讓她相當生氣吧。

即使如此也沒回嘴，是因為她也不得不同意少年的說法。

屏除道德問題的話，事實上的確沒有義務讓位。

「對不起……」

ＯＬ強忍淚水並向老婦人低聲道歉。

這是一起發生在公車內的意外事件。老實說，沒被牽扯進去真是讓我鬆了口氣。讓不讓老人座位，這種事情怎樣都無所謂。

這場騷動，最後則由貫徹自我的少年劃下了勝利的句點。就在在場的人都這麼想時——

「那個……我也覺得大姊姊說得沒錯。」

有人伸出了意料之外的救援。這個聲音的主人好像站在ＯＬ旁，看似下定了決心，提起勇氣向少年搭話。是一個身穿和我同校制服的人。

「這回是個Pretty girl嗎？看來今天我還真出乎意料地有異性緣呢。」

「從剛剛到現在，老婆婆看起來一直很難受。可以請你把座位讓出來嗎？那個，也許是我太多管閒事了，但我想這也能夠當作是為社會貢獻。」

少年「啪」地彈了手指。

「社會貢獻嗎？原來如此，是個相當有趣的意見。讓位給年長者的確應該算社會貢獻的一環。但是很可惜，我對社會貢獻不感興趣。我認為只要能滿足自己就夠了。還有另一點，在這麼擁擠的車內，坐在博愛座上的我雖然成了眾矢之的，可是放著其他一副事不關己、不發一語，而且賴在座位上的人們不管，這樣好嗎？如果有想珍惜年長者的想法，那我想不管是不是博愛座，都只是些芝麻小事。」

少女的想法沒能傳達，至始至終少年都不改其光明正大的態度。ＯＬ及老婦人也都無法回嘴，而強忍著不甘。

然而，迎面抵抗少年的少女，卻沒有因而灰心喪志。

「各位，請稍微聽我說句話。請問有誰願意把座位讓給這位老婆婆呢？誰都可以，拜託了。」

要說出這句話，需要何等的勇氣、決心，及體貼呢？這絕對不是件容易的事。少女也許會因為這種發言，而被周遭視為沒常識、討厭的存在。可是少女卻無所畏懼，認真地向乘客訴說想法。

我雖然不是坐在博愛座上，但也坐在老婦人附近。只要在這時舉起手，說聲「請坐」就能平息騷動。那位年長者也就能好好放鬆筋骨了吧。

可是不管是我還是附近的人，都沒有半點動靜。因為大家都判斷沒有讓位的必要。剛才少年的態度及言行，雖然有些地方令人難以釋懷，不過也讓人覺得大致上沒錯。

現在的老人們，確實是一路以來支撐日本的不折不扣的功臣。

然而，我們年輕人卻是今後將支撐起日本的重要人才。

考慮到目前逐年邁向高齡化社會，年輕人的價值可說是比過去更高了。

那麼，到底現在比較需要老人還是年輕人，根本連想都不用想。嗯，這可以說是個完美答案吧？

不知為何，總覺得有點在意附近的人會怎麼做。我環顧四周的乘客，發現大致上不是假裝沒看見，就是擺出猶豫表情的兩個極端。

然而——坐在我旁邊的少女卻完全不同。

在這喧囂之中，她簡直像是沒受半點影響的面無表情。

我不禁因為這不尋常的感覺而盯著她看，結果一瞬間和少女對上眼。說難聽點，這表示我們彼此想法相同。我感覺得出她也認為誰都沒必要讓出座位。

「那……那個，請坐。」

少女表達訴求後，不久就有一名女性社會人士站了起來。坐在老婦人附近的她，大概是因為受不了了才讓出座位。

「謝謝您！」

少女滿臉笑容地點頭示意後，就在擁擠人群中開出一條路，引導老婦人前往空位。

老婦人不斷道謝，一面慢慢地坐下。

我以斜眼見證這個過程後，就雙臂抱胸，靜靜閉上雙眼。

不久後抵達目的地，我跟在高中生們後面下了車。

下車後，在那裡等著我的是一扇以天然岩石拼湊加工而成的門。

身著制服的少年少女們，從公車下來後，全都穿過了這扇門。

東京都高度育成高級中學，是日本政府為了栽培支撐未來的年輕人而設立的學校，也是從今天起我要上學的地方。

我稍微停在原地，做了口深呼吸，心想：「好，出發吧！」

「喂。」

才打算踏出勇氣的一步，卻在那個瞬間被旁邊叫住，害我從開始就碰了釘子。

我被剛才坐在隔壁的少女給叫住了。

「你剛剛往我這裡看，是什麼意思？」

看來我是被牢牢盯上了嗎？

「抱歉，我只是有點好奇。我在想不管是什麼理由，妳是不是打從開始就沒有要讓位給老婦人的想法。」

「嗯，是啊，我根本沒打算讓座。那又怎樣？」

「沒有，我只是覺得我們都一樣。因為我也不打算讓位。身為避事主義者，我可不想因為牽扯上那種事而引人注目。」

「避事主義？別把我跟你相提並論。我只是因為不覺得讓座給老婦人有什麼意義，所以才沒讓座。」

「這不是比避事主義還更過分嗎？」

「是嗎？我這不過是照著自己的信念而行動，與單純討厭麻煩事的人不一樣。但願今後我不會再和像你這樣的人有所瓜葛呢。」

「……我有同感。」

明明只是想稍微交換意見，卻被講成這樣，心情真差。

我們故意對彼此嘆口氣，便開始往同個方向走去。

2

我無法喜歡上入學典禮——會這麼想的一年級學生應該也不少吧。

我對校長或在校生的訓勉感到煩瑣，而且又是排隊又是一直站著，麻煩事太多，令人不禁覺得很討厭。

不過我想說的並不只有這些。

小學、國中、高中的入學典禮，對孩子而言代表著一種試煉的開始。

為了好好享受校園生活，結交朋友是不可或缺的。而能否順利的關鍵，就在於這天以及往後的數日。要是在這裡失敗的話，可以說接下來等著的就是悲慘的三年了吧。

對於避事主義的我來說，還是希望可以建立適當的人際關係。

所以我在前一天，姑且還是做了各種不習慣的模擬練習。

像是爽朗地走進教室，並嘗試積極找人攀談。

還有像是偷偷遞上寫有電子郵件地址的紙條，並從這邊試著增進關係之類的。

特別是我這次的情況與過去非常不同。這回我處在一個完全沒有認識的人能夠講話，孤立無援的狀況。我就像是獨自進入了不是你死便是我亡的戰場。

我環視教室，往放著自己名牌的座位走去。

是個靠窗、偏後面的位置。說不上是中大獎，但一般來說這也算是好地方了。

現在教室內，到校學生目測大約有一半出頭。

學生大致上都坐在位子上獨自看著學校的資料或者發呆。也有部分或許過去就彼此認識，又或者是才剛要好起來的人在一旁閒聊。

那麼該怎麼做呢？要趁這段空閒時間開始行動，試著跟某個人打好關係嗎？正好前方有一個胖胖的少年，好像很寂寞地（我擅自想像的）駝背坐著。

從他身上散發出一種「拜託誰快來找我說話，當個朋友嘛！」的氛圍（我擅自想像的）。

可是……突然間搭話，對方也會困擾吧。

要等時機成熟再行動嗎？不行，等回過神來，被敵人包圍而且被孤立的可能性非常大。這裡還是由我主動出擊比較好……等等、等等，別急。要是隨便投入陌生同學的懷抱，不是也有被反將一軍的危險性嗎？

不行啊，這是惡性循環……

結果我沒能向任何人搭話，理所當然就落入被孤立的下場。

最後我甚至連像是「那傢伙還是一個人嗎？」及「嘻嘻嘻」那種輕聲竊笑的幻聽，都開始聽得見了。

朋友到底是什麼啊？進展到哪兒才可以算是朋友？是在能邀約一起吃飯的時候嗎？還是在能夠相約一起去上廁所的時候，才能算是成為朋友了呢？

我越是思考朋友究竟為何物，越是去探究其中深層定義。

——交朋友真的是非常辛苦又麻煩啊。說起來，交朋友都得像這樣瞄準目標，刻意進行嗎？難道不應該更像是自然而然就形成了人際關係，接著變得親近嗎？我的腦中彷彿正舉行著吵嚷的祭典，思緒已雜亂無章。

在混亂、煩悶的期間，學生們接二連三地到校，教室逐漸密集了起來。

喝啊，沒辦法了。我也只好孤注一擲試試看了。

我糾葛了老半天，終於開始要付諸行動。然而……

回過神來，坐在前方的那名胖胖眼鏡男，已經先被別的同學搭訕了。

儘管表情混雜著未經世故的苦笑，他們之間不也萌生出新的友誼了嗎？真是太好了呢，眼鏡兄……看來你可以交到第一個朋友了——

「被捷足先登了……！」

我抱著頭，深深反省自己的不中用。

我不禁打從心底嘆了口氣。我的高中生活恐怕前途一片黑暗。

不知不覺間教室幾乎擠滿了學生。這時候，從隔壁座位傳來放置書包的聲音。

「才剛入學就這麼沉重地嘆氣啊。對於跟你的重逢，我也有種很想嘆氣的心情喔。」

在隔壁座位坐下的學生，是剛剛在公車站跟我不歡而散的少女。

「……真沒想到會跟妳同班。」

的確一年級全部只有四班，會在同一個班級裡也不算什麼不可思議的機率。

「我叫綾小路清隆，請多指教啊。」

「突然就自我介紹？」

「雖然很突然，不過我們都講過兩次話了，這樣也沒有什麼關係吧？」

總之，我實在很想跟某個人自我介紹，想得受不了，就算對象是這個傲慢的少女也好。為了融入這個班級，我想至少先知道隔壁同學的名字。

「我即使拒絕也沒關係吧？」

「我想在一年的期間，坐在隔壁卻不曉得彼此的名字，心裡會不太舒坦就是了。」

「我不這麼覺得呢。」

她看了我一眼後，就把包包掛在課桌旁。看來她連名字都不願告訴我。

少女是完全沒把教室的狀況放在眼裡嗎？她只在一旁以標準坐姿端正地坐著。

「妳的朋友在別班嗎？還是妳是一個人來讀這間學校？」

「……你也真是好管閒事呢。就算找我聊天也沒什麼意思喔。」

「妳要是覺得困擾，那我就不繼續說了。」

我並不打算不惜激怒對方，也要讓她自我介紹。我想對話應該到此就結束了。但少女嘆了口氣，也許是轉換了心情，她視線筆直地往我這邊看來。

「我叫堀北鈴音。」

本來沒想到她會回答的，這名少女……堀北，卻這麼報上名來。

這是我第一次從正面看見少女的容貌。

……很可愛耶。倒不如說，簡直就是超級美女啊！

明明是同年級，不過就算要說她大我一兩歲，應該都還能接受。

她就是有著如此沉穩氣質的美女。

「我姑且先說我是怎樣的人好了。我沒有特別的愛好，但對任何事都抱持著一些興趣。不需要太多朋友，但還是想維持一定的朋友數量。總之，我就是像這樣的人。」

「真是個很避事主義的回答啊。那種思考方法我不怎麼喜歡呢。」

「總覺得，只花一秒妳就把我的一切都給否定掉了……」

「畢竟我希望別再碰到倒楣之事了。」

「雖然可以明白妳的心情，不過看來無法實現喔。」

我把手指指向教室入口。站在那裡的是——

「這間教室設備很齊全嘛。看來真的就如傳聞所說的一樣呢。」

是在公車上與少女起糾紛的那名少年。

「……原來如此，的確很倒楣呢。」

看來不只是我們，連那個問題兒童也被分到了D班。

他似乎沒有注意到我們的存在，朝著寫有高圓寺的座位走去一屁股坐下。像那樣的人也會意識到社交關係嗎？我稍微觀察看看。

接著，高圓寺把雙腿蹺在桌上，從包包取出指甲銼刀，一面哼著歌，一面隨心所欲地開始修整起指甲。他簡直就對周遭的喧囂或旁人眼光視若無睹，做著自己的事情。

他在公車內的發言看來是發自內心。

只花不到幾十秒的時間，就能看見班上超過一半的同學都對高圓寺感到反感。

可以貫徹自我到這種地步也相當厲害啊。

等到發現時，隔壁桌的堀北早已將視線轉回桌上，讀著自己的書了。

糟了，對話的基本明明就是有來有往，我卻忘記回話了。

能和堀北成為朋友的機會，就這樣浪費掉了。

我悄悄前傾，偷看堀北手上那本書的標題，結果竟然是《罪與罰》。

那本書很有趣耶，書上討論著如果是為了正義，人是否擁有殺人的權利。

真是可惜啊。說不定我和堀北在書本上的品味很相近。

總之，我也已經向她自我介紹過了。作為隔壁鄰居，應該也已經算建立了最低限度的關係。

接下來經過幾分鐘，便響起了宣告開學的鐘聲。

幾乎在同時，一名穿著套裝的女性走進了教室。

從外表給人的印象，看起來是個很穩重且重視紀律的老師。年紀大約落在好像超過但又好像沒超過三十歲的這種微妙地帶。而她一頭似乎挺長的頭髮，在後腦杓扎成了一束馬尾。

「呃～各位新生，我是D班的班導，茶柱佐枝。平時負責教日本史。這間學校，不會每個學年換班。因此畢業前這三年，我將做為班導與你們共同學習，請多指教。入學典禮將會在一小時後在體育館舉行。在這之前，我要發給你們有關這間學校特殊規則的資料。雖然說，這在先前的入學介紹時也已經發給你們過了。」

前面座位傳來了似曾相識的資料，是放榜錄取後曾經拿過的。

與國內存在的眾多高中不同，這間學校的部分特殊之處，就是來這所學校上課的全體學生，都被賦予了住在校內宿舍的義務。同時，在學期間除非特殊情況，否則禁止所有對外連繫。

即使對象是家人，未經學校許可也不允許取得連繫。

當然，也嚴格禁止未經許可就離開學校用地。

但另一方面，為了不讓學生們過得太辛苦，校內也設置著許多設施。像是卡拉ＯＫ、電影院、咖啡廳、服飾店等等，可以說是形成了一個小型商區。位於大都市正中央的這所學校，其廣闊用地據說超過了六十萬平方公尺。

而且，學校還有另一項特別之處，那便是Ｓ系統的導入。

「使用現在發下的學生證，就能使用學校內的所有設施，也能在商店等地方購買商品。它是張類似信用卡的東西，但由於會消耗點數，所以使用上需要注意。在學校內，沒有東西是無法用點數買的。只要是在學校用地內擁有的東西，不管什麼都能買。」

與學生證合而為一的這張點數卡，在學校內就意謂著現金。

由於不必攜帶紙幣，對於學生之間引起的金錢糾紛也能防患未然。或者，說不定也可以藉由確認點數消耗，來監視學生的消費習慣。

不過，無論如何，全部的點數都將由校方無償提供。

「在設施內對機器感應或出示就可以了。使用方法很簡單，應該不至於不會操作吧。接著，點數將在每個月一日自動匯入，現在每個人也應該已經公平地被分發了十萬點。另外，每一點值一圓。到此應該不需要更多說明了吧。」

教室瞬間鬧哄哄了起來。

也就是說，我們才剛入學，就從學校那邊收到了十萬圓的零用錢。真不愧是與日本政府有密切關係的大規模學校呢。

這對給予高中生的錢來說，是一筆相當大的金額。

「對學校發放這麼多點數感到吃驚嗎？這間學校是以實力為標準來衡量學生。能夠入學的你們，也擁有與其相應的價值及可能性。對此，點數就代表著學校對你們的評價。別客氣，儘管使用吧。只是，在你們畢業後學校將收回這些點數。由於點數無法現金化，就算存著也不會有好處。點數匯過去之後，要如何使用都是你們的自由。就依照自己的喜好去使用吧。假如有人認為沒有使用點數的必要，也可以轉讓給別人。但是，請別做出恐嚇他人的行為喔，校方對於霸凌問題可是相當敏感。」

在充滿困惑的教室內，茶柱老師環視學生們。

「似乎沒有人要提問。那麼，祝你們有個美好的校園生活。」

對於十萬點如此龐大的數字，大部分同學看來都無法隱藏心中的訝異。

「這間學校似乎沒有想像中的嚴格呢。」

本來以為這是堀北的自言自語，但因為她看向我這邊，我才了解這是在對我說話。

「該怎麼說呢？的確是非常寬鬆啊。」

學校有像是強制住宿、禁止離開學校用地、禁止與外界連絡等限制，但校方無償提供了點數及周邊設施，因此也沒有什麼好不滿。

換個角度來看，甚至也能說學生是被招待到了樂園。

而這所高度育成高中最大的魅力，在於幾近於百分之百的升學率及就業率。

由國家主導的這間學校，執行著徹底的指導，並且致力支持學生完成未來的夢想。

實際上，學校針對這點也做了大規模的宣傳。畢業生當中，也有不少人是因為從這間學校畢業而成名的。通常即使是再知名、再優秀的學校，專業領域的數量也相當有限。要不就專精體育，要不就專精音樂，又或者是專精於電腦相關。但在這裡，不論專精於什麼領域，都能夠讓人實現願望。

這就是一間有著如此制度及高知名度的學校。

就因為這樣，我認為班上的氣氛應該要更加殺氣騰騰。可是大多數的同學，看起來就像隨處可見的學生。

不，也許正因為這樣，大家才會這麼坦率吧。我們已經入學，換句話說是已被認同的存在。之後只要能平安無事撐到畢業，就能達成目的了……但事情真的有可能這麼簡單嗎？

「簡直是對我們好到有點可怕的程度呢。」

聽著堀北的這席話，我也深有同感。

這間學校的詳細狀況，就彷彿罩著一層神祕面紗，盡是些未明瞭的地方。

正因為這所學校能夠實現願望，也不得不讓人覺得，為此應該會存在著某些風險。

「欸欸，回去的時候要不要去逛逛各種商店？一起去逛街嘛！」

「嗯，反正有這些點數的話，想買什麼都可以。能進這間學校真是太好了～」

老師離開後，留下因得到鉅款而開始慌了手腳的學生們。

「各位，稍微聽我說句話好嗎？」

在這之中迅速舉起手的，是名身上散發出完全就是個有為青年氛圍的學生。

連頭髮也沒染，看起來就像是模範生。表情上也感覺不到任何不良的元素。

「從今天開始，我們就要在同一個班級一起生活了。所以，我想從現在開始，我們就來自發性地進行自我介紹，如果大家能快點成為朋友就好了呢。距離入學典禮也還有時間，怎麼樣呢？」

喔喔……竟然說出了相當了不起的發言。是大部分學生想歸想，卻開不了口的話。

「贊成——！我們彼此之間連名字之類的都還不知道。」

一人先帶頭如此說道，而後不知如何是好的學生們，也一個接著一個表示贊成。

「我的名字叫做平田洋介。國中時大家通常都叫我洋介，因此希望各位直接叫我的名字就好。我對每一種運動都有興趣，但其中特別喜歡足球。在這間學校裡我也打算要踢足球。請多多指教。」

身為提案者的有為青年，流暢地做出無可挑剔的自我介紹。

這真是了不起的膽量。而且，秀出強項是足球的傢伙出現了。爽朗的臉龐與足球一結合起來，人氣就增加成兩倍。不對，是增加到了四倍！你看看，在平田身旁的女生，眼睛都已經變成愛心形狀了。

這種傢伙八成會成為班上的中心，並率領大家直到畢業吧。

然後，應該會跟班上或同屆裡最可愛的女孩交往。這是劇情發展走向之一。

「可以的話，希望大家從頭開始一個個自我介紹……好嗎？」

平田非常自然、若無其事地徵詢大家的同意。

最前面的女學生，看起來雖然有些不知所措，卻馬上就下定決心站了起來。

與其這麼說，不如說她是為了回應平田對她所講的話，才會如此急急忙忙地站起來。

「我……我叫……井之頭……心……心──」

這名想報上名來卻語塞的女孩，自稱井之頭。不曉得是腦袋成了一片空白，還是沒整理好想說什麼就開始自我介紹的緣故，她在這之後就擠不出半句話，面色也漸漸蒼白了起來。可以這麼坦率表現出緊張心情的人，也相當罕見呢。

「加油～」

「沒關係，不用慌張～」

同學們傳來了溫柔的鼓勵。但不知是否造成了反效果，她反而更說不出想說的話了。沉默持續了五秒、十秒。少女面對著來自周遭的壓力。

結果一部分女生，甚至還忍不住輕聲笑了出來。而她就這樣一動也不動地呆站著。

在這種情況裡，一名女生對她丟出如此一句話。

「慢慢來就好嘍，別慌張。」

這句話乍看之下與「加油」或「沒關係」意思差不多，其中包含的意義卻完全不同。

雖然是為了鼓勵，但是向極度緊張的人說出「加油」或「沒關係」這種話，也帶有勉強對方迎合他人的含義。

另一方面「慢慢來就好嘍，別慌張」則有著不必迎合他人的意思。

她好像因為聽見了這句話而稍微冷靜下來，並且「哈呼～呼～」地試著稍微調整呼吸。接著不久……

「我叫做井之頭……心。呃，我的興趣是縫紉，尤其對編織很拿手。請……請多多指教。」

看起來說出第一句話之後，就能順利講出自己想說的話了。

井之頭露出似乎放心，又好像有點開心、害羞的模樣，便坐了下來。

多虧有人解圍，這名叫做井之頭的少女，才得以平安無事地度過。自我介紹也繼續往下進行。

「我叫山內春樹。國小的時候桌球曾打進全國比賽，國中時期是棒球社團的王牌投手，背號是四號。但在高中聯賽時受了傷，現在正在復健中。請多指教。」

打棒球背號四號的這件事情，我想應該沒有什麼特別的含義……

而且話說回來，高中聯賽是高中的體育大會吧……國中生應該不能參加吧。

是個故意來講玩笑話的傢伙嗎？他給人一種嘴快、輕浮的印象。

「那麼下一個就是我了！」

充滿活力站起來的人，就是剛才鼓勵井之頭可以慢慢來的少女。

而且，同時也是今天早上在公車上幫助老婦人的那名女孩。

「我叫作櫛田桔梗。因為沒有半個國中朋友和我一起進這間學校，所以我是孤零零的一個人。因此，希望能快點記住大家的長相及名字，並且成為朋友。」

大多數學生都是簡短說句話，打聲招呼便結束。這名叫櫛田的少女卻把話繼續說了下去。

「我的第一個目標，就是和在座的各位打好關係。大家的自我介紹結束後，請務必和我交換連絡方式。」

我的直覺告訴我，她不會只是嘴上說說，而是絕對立刻就能和人打成一片的類型。

總覺得，她對井之頭所說的話也不單是隨口的鼓勵。

因為她就已散發出了像是「我跟誰都能成為好朋友」的感覺。

「還有，我想在放學後或者假日，跟各種人盡情玩樂，製造很多回憶，所以請儘管來約我。」

稍微有點長，但我的自我介紹就到此結束。

無論在男生或女生之間，她都將會很有人氣吧。

……話雖這麼說，但現在可不是評論別人自我介紹的時候了。

心中這份異常不安的感覺究竟是什麼呢？

「輪到自己的時候該說什麼才好？」、「是不是搞笑比較好？」——我不由得開始思考這類問題。

要以超級熱血沸騰的方式來博君一笑嗎？

不過啊，突然間就熱血沸騰，好像又很破壞氣氛。而且說起來，我也不是那種個性的人。

在我煩惱東煩惱西的期間，自我介紹也繼續進行著。

「那麼下一位——」

平田為了催促進度，而將目光轉到下一個學生。但這名學生卻惡狠狠瞪著平田。

是名頭髮染得鮮紅，完全符合「不良」這個字眼的少年。

「你當我們是小鬼？根本就不需要什麼自我介紹，要做的人自己去做就好了。」

紅髮少年以隨時都會跟平田爭辯似的態度瞪著他。

「我沒有辦法強迫你。但我覺得和班上感情變好，並不是什麼不好的事情。如果帶給你不愉快的感覺，我向你道歉。」

看見平田直視他並低下頭的姿態，一部分的女生開始怒視紅髮少年。

「只是自我介紹又不會怎樣。」

「對嘛！對嘛！」

真不愧是帥氣足球少年。轉眼之間就拉攏了大部分的女生成為夥伴。

只是，另一方面，似乎卻引起了以紅髮少年為首，以及男性同學們近似於嫉妒的怒火。

「吵死了，我又不是為了玩交友遊戲才進來這裡。」

紅髮少年站了起來，同時數名學生也跟著他一個接著一個地走出教室，似乎判斷了沒有必要跟同學增進關係。而坐在臨座的堀北，也慢慢地站了起來。

堀北的臉稍微面向了我這邊，但知道我沒有動靜以後，就馬上走掉了。平田則看起來有點落寞地目送堀北他們的背影。

「這不是他們的錯，是擅自要大家自我介紹的我不好。」

「怎麼會，平田同學什麼也沒做錯呀！不要管那些人，我們繼續吧？」

部分學生以不接受自我介紹的形式離開了教室，留下的學生則繼續進行。大多數的人終究都順從了主流意見，這也是人之常情。

「我是池寬治。喜歡女孩子，討厭帥哥。隨時都在招募女友，請多指教。當然期待是名可愛的女孩或美女！」

很難判斷這究竟是搞笑還是認真的，不過至少招來了女生的反感。

「好厲害喔～池同學好帥。」

有個女生以讓人清楚明白這百分之一千是謊言，毫無起伏的聲音如此說道。

「真的假的？呃，其實我也覺得自己不錯啦。嘿嘿！」

池好像是當真了，並有些害羞地搔搔臉頰。

這個瞬間，女生們哄堂大笑。

「幹嘛啦，大家真可愛呢～我是真的在招募女友喔！」

不，你正被人嘲弄啊！

得意忘形，而且不知為何開朗揮著手的池，看來不是什麼壞人就是了。

接著下一個，便輪到了今天早上搭同班公車的男學生——高圓寺。

他一面拿著手拿鏡照稍長的瀏海，一面用梳子無意義地梳理著。

「那個……能麻煩你自我介紹嗎——？」

「哼，好吧。」

他短暫地露出貴公子般的微笑，並若有似無地展現一種目中無人的態度。

本以為他會把修長的雙腿從桌上移開並站起，然而，高圓寺卻繼續蹺著雙腿，並以這般豈有

此理的姿勢開始自我介紹。

「我的名字是高圓寺六助，是高圓寺財閥的獨子，並且是個遲早要肩負日本社會的男人。今後也請承蒙指教，年幼的Lady們。」

與其說是對全班，不如說他只針對女性做了自我介紹。

女生們對有錢少爺投向了閃閃發亮的眼神——並沒有。她們只對高圓寺投以了看待怪人的眼光……這也是理所當然。

「還有，對於做出會令我感到不愉快行為的人，我將會毫不留情地加以制裁。你們就多加留意這件事情吧。」

「那個……高圓寺同學，所謂會令你感到不愉快的行為是指？」

不知是否對於制裁這詞彙感到不安，平田如此回問。

「就如字面上的意思啊。但若要舉例的話——我討厭醜陋的東西。假如讓我目睹那樣的東西，究竟會發生怎樣的事呢……」

高圓寺颯爽地把長瀏海往上撥。

「謝……謝謝你，我會多加注意的。」

紅髮男、堀北及高圓寺，還有山內、池。看來難以應付的學生似乎都聚集在這間教室了。在這麼短暫的期間內，總覺得就窺見到了各式各樣同學的一面。

我——則是沒有半個特別的癖好或特色。

我只是想要自由地……沒錯，成為自由的鳥兒。一隻從籠中飛出的鳥兒。

不去思考未來的事情，只想試著飛向那片蒼穹。

你看，往窗外看就能看見優雅振翅飛翔的小鳥……雖然現在看不見。

總而言之，我就是這樣的男人。

「那麼，下一位——那邊的同學，能麻煩你一下嗎？」

「咦？」

糟了，沉浸在幻想的期間不知不覺就輪到了我。眾多目光正期待著我的自我介紹。喂喂！別用那種期待的眼神盯著我啊（自以為）！

真是沒辦法啊，就讓我使出渾身解數來自我介紹吧。

喀噠！我氣勢滿滿地站起。

「呃……那個……我是綾小路清隆。那個……呃……沒有特別擅長的事情，但會努力跟大家變得要好，呃……所以請多多指教。」

我結束招呼並匆忙就座。

呼……大家都看見我的自我介紹了嗎？

……我失敗了！

我不禁雙手抱頭。

都是因為過於沉浸在幻想，導致沒有充裕時間好好構築自我介紹的關係。

不僅沒引起任何人的注意，連印象也沒留下。我就這樣結束了糟糕的自我介紹。

「請多指教喔，綾小路同學。我們也一樣，都想跟大家要好起來，一起加油吧。」

平田露出爽朗笑容對我這麼說。

雖然零零散散，但掌聲還是響起了。感覺是看穿了我的失敗，而在幫忙圓場。

這種與其說是同情，更不如說是憐憫的掌聲，使我格外痛心。

很不甘心的是，即使如此我心底也有點開心。

3

雖說是嚴格的學校，但入學典禮跟一般學校沒什麼兩樣。

聽完地位崇高人士所給的訓勉，便順利地結束了。

而上午，我們大略聽完校內的說明後，就解散了。

七、八成學生直接去了宿舍。剩下的則已經分好組別，有的要去咖啡廳，也有要前往卡拉OK的勇者。轉眼間喧囂就消逝不見。

順帶一提，我想在回宿舍前，順路去我非常有興趣的便利商店。當然，我是一個人去。我連半個能陪我去的朋友都沒有。

「……又是個讓人討厭的巧遇呢。」

我一進入便利商店，馬上就撞見了堀北。

「妳別這麼警戒啦。話說回來，妳也來超商是有事要辦嗎？」

「嗯，有一點。我來採買必需品。」

今後展開的宿舍生活，將會需要不少的必需品。是女生的話，想必會需要各種東西吧。堀北一邊確認商品，一邊對我這麼說道。

堀北俐落地把拿起的洗髮精等日用品放入提籃。原本以為她只是隨便選的，沒想到是專挑便宜貨的樣子。

「我還以為女孩子都會對洗髮精之類的很講究。」

「這因人而異吧？因為也不知道未來何時會對錢有急用。」

能不能別擅自偷看別人買的東西？——彷彿如此訴說著的冰冷視線傳了過來。

「是說，我非常意外你會留下來自我介紹。因為你看起來不像是會想成為班上一分子的那種類型。」

「正因為我是避事主義，才會想默默地加入那種場合。堀北妳才是，為什麼沒有參加自我介紹啊？這不過是自我介紹吧。透過自我介紹，不僅能和很多學生打好關係，同時也是個交朋友的機會。」

當時也有不少學生直接就交換了手機號碼等連絡方式。

如果是堀北，也許馬上就能夠成為人氣王，真是太可惜了。

「我想到好幾個能夠反駁的理由，說明一下也許比較好。就算做了自我介紹，也沒辦法保證就能交到朋友。不如說，也許還會因為自我介紹，而產生某些爭端。既然如此，從一開始什麼都別做，就不會產生問題了。我有說錯嗎？」

「但是以機率來說，做自我介紹能增進人際關係的可能性比較高吧？」

「那個機率是從何推導出來的？雖然這麼說，但追究這部分，最後也只會淪為無結果的爭論，因此就先假設成你所說的那樣吧——自我介紹有交到朋友的可能性。那結果，你有找出跟誰能要好起來的可能性嗎？」

「唔……」

堀北一直盯著我如此說道……原來如此。這真是精彩的正論。

事實上，我也還沒能跟任何人交換到連絡方式。這也成了無法證明自我介紹的便利性的最佳證據。對於堀北的主張，讓我不由得避開她的視線。

「換句話說，『自我介紹＝容易交朋友』的這個假設無法證實。」

而堀北更這麼補充：

「說起來，我本來就不打算交朋友。因此，我不但沒必要自我介紹，也沒必要在那邊聽自我介紹。這樣你能接受了嗎？」

這麼一說，在我剛開始對堀北自我介紹時，她也是持否定態度……

現在想起來，她光是願意把名字透露給我，說不定就已經是奇蹟了。

「有意見？」她對我如此提問，因此我搖了搖頭。

每個人的觀點都會有所不同，這是無法否認的事實。

堀北說不定是比我想像中還更孤僻……不對，更孤傲的類型。

我們眼神也沒交會，就在便利商店內來回走動。

雖然她的個性好像有點嚴厲，可是在一起的時候，不知為何卻不會令人不快。

「哇！泡麵的種類也非常齊全，真的是一間很方便的學校耶！」

有兩名男學生在即食食品前面喧譁著。他們將堆積成山的泡麵放入提籃，並前往收銀台。除了泡麵外，提籃內也放置了許多零食、飲料。因為擁有多到用不完的點數，會如此消費也是當然

的吧。

「泡麵嗎？……種類有這麼多喔。」

我順路到便利商店的原因之一便是這個。

「男孩子果然都很喜歡這種東西嗎？雖然我覺得這對身體不太健康。」

「我也不知道該說是喜歡，還是什麼……」

我伸手拿起杯狀物，接著看了它的標價。

上面寫著一百五十六圓，但可惜我無法判斷這算貴還是便宜。

學校使用點數作為金額單位，但這一帶的商品皆使用日幣來標示。

「喂，關於商品價格妳怎麼看？比較貴或者比較便宜。」

「這個嘛……我沒特別感覺到不同之處。你發現了什麼讓你在意的價格了嗎？」

「沒有，不是因為那樣，我只是問問。」

便利商店內陳列的商品，看來似乎是定在所謂合理的價格。

這麼說來，每點點數果然都代表著一圓。

考慮到高一學生平均零用錢都落在五千圓左右，十萬點便是個與其差距懸殊的金額。

堀北看見我舉止有點可疑，一臉狐疑地盯著我的臉。

為了蒙混過去，我試著隨便拿了個顯眼的泡麵。

「這個的大小相當驚人呢。上面寫著G cup。」（註：泡麵的英文為cup noodles）

這似乎是Giga cup的意思，給人一種只要吃了就能很飽的感覺。

雖然是題外話……不過堀北既非貧乳，也不算是巨乳。正處於絕妙的界線之上。

「綾小路同學，你剛才沒在想無聊的事情吧？」

「……沒有啊。」

「你剛才的停頓，還真是令人在意啊。」

她透過我的停頓以及視線，就看穿了我正想著糟糕的事情。真是敏銳的傢伙。

「我是在煩惱要不要買。怎麼了嗎？」

「沒有，那就好。比起這個，你還是別買了吧？學校裡也有許多設施提供注重健康管理的餐點，別染上奇怪的習慣不是比較好嗎？」

就如堀北所說，確實沒有必要勉強吃即食食品。

然而，我還是無法壓抑對泡麵的興趣，因此便把一個普通大小的即食食品（上頭寫著ＦＯＯ炒麵）丟進了提籃。

對我奉上勸告的堀北完全沒有對任何食物出手，開始看起生活必需品。

我就在這時來開個幽默玩笑，並開啟一個能讓堀北對我提昇評價的作戰吧。

「如果妳在煩惱的話，這邊的五層刀片式的如何？我想可以刮得很乾淨喔。」

「你到底想要我刮什麼？」

我一臉得意地緊握刮鬍刀並拿給她看，卻沒有獲得預想中的反應。何止是逗她笑，我甚至還被她以彷彿在看穢物般的眼神恫嚇著。

「……像是妳看，下巴或腋下，以及下面的——什麼也沒有！」

我因內心受創而支支吾吾。看來對女生使用這種噱頭是個大失敗。

「對今天才認識的人就能講出這種話，我還真是羨慕你有這種個性呢。」

「……我總覺得妳也把初次見面的對象講得一文不值就是了。」

「是嗎？我只不過是陳述事實，跟你並不一樣。」

被冷靜反駁的我，因而語塞。我所說的確實全都是信口開河。皮膚看起來很滑嫩的堀北，怎麼想也不可能會長出那種野蠻的東西。

堀北又挑了最便宜的洗面乳。是女孩子的話，明明稍微再講究點也沒關係。

「反正都要買了，這個不是比較好嗎？」

我拿起價格較高，看起來像是泡沫式的洗面乳給她看。

「不需要。」

被簡潔地拒絕了。

「呃，但是——」

「我不是說我不需要嗎？」

「好的……」

因為被她給瞪了，於是我默默把洗面乳擺回架上。

原本想說就算她會生氣，也想在某種程度上與她聊得盡興，但卻失敗了。

「你好像也不是善於與人交際的類型呢。對話的構成方式太差了。」

「妳這麼說的話，表示確實如此吧。」

「也是，至少我自認有看人的眼光。一般而言，我是不會再次開口跟你講話的，不過看在你的努力令人感動，於是就可憐了你一下。」

看來我渴求朋友的這個目標、念頭，全都被她知道了。

我們兩人的對話，便在此突然中斷。

和女孩子兩人在便利商店內購物的這件事情，還是稍微讓我意識到些許不可思議的感覺。因為堀北姑且也算是個可愛的女孩子。

「喂，這是怎麼回事啊？」

為轉移話題，我一面環顧四周一面探索店內，接著發現了一個奇怪的東西。

部分的食品及生活用品放置在便利商店的一隅。

乍看之下與其他東西並無不同，卻有著唯一一點巨大差異。

「免費……？」

堀北似乎也覺得不可思議，而拿起了商品。

牙刷或ＯＫ繃這種日常用品，被塞滿在寫有「免費」的購物推車上，並附加上了「每月至多三樣」的但書。其周圍顯然散發著異樣感。

「這是給過度使用點數者的救濟措施嗎？學校還真寵學生呢。」

也就是說，校方的服務無微不至到如此程度嗎？

「吵死了！等一下啦！我正在找了！」

突如其來的巨大聲音蓋過了祥和的背景音樂，並傳遍整間便利商店。

「那就快一點啊！後面隊伍都塞住了。」

「啊？你有什麼不滿嗎？」

似乎是因為結帳問題而起了爭執。兩名男生互不相讓地對罵了起來。當中露出不悅神色的，是一名似曾相識的紅髮學生。他的手上緊握著一碗泡麵。

「發生什麼事了嗎？」

「啊？你誰啊？」

本打算友善地向前攀談，紅髮男卻似乎誤以為敵方增加，便以強硬態度威嚇我。

「我是跟你同班的綾小路。看見你好像很困擾，所以才跟你搭話。」

說明來由後，紅髮男不知是否因為稍微理解了，聲音也變得冷靜了一些。

「啊……這麼說起來，我好像也對你有印象。我忘記帶學生證了。我把接下來那張卡會代替現金的這件事情給忘了。」

見他兩手空空，看起來是回過宿舍，是在那時候忘記帶的吧。

老實說，我也尚未抱持需要用學生證結帳的這個概念。

「需要的話，我可以幫你墊錢喔。再回去拿也很費事吧，如果你不介意的話。」

「……也是呢，說實在很麻煩，而且又因為剛剛那件事火都上來了。」

距離宿舍並不是很遠，但像現在這時候，來買午餐的學生也陸續在收銀台後方形成長長人龍。

「……我是須藤，這邊就麻煩你幫忙了。」

「請多指教啊，須藤。」

須藤把泡麵遞過來，交代我要加熱水便走了出去。看著這短暫對話的堀北，好像覺得不可置信地嘆了口氣。

「才初次見面就被隨意使喚呢。你打算成為他順從的小弟嗎？還是說，這是你為了交朋友而採取的行動？」

「該說是交朋友嗎……反正只是順便，也沒差。」

「看來你並不會害怕他的外表呢。」

「害怕？為什麼？因為他像個不良少年嗎？」

「一般人都會想跟他那種類型的保持距離。」

「還好吧，在我看來那傢伙並不是個壞人。而且妳不是也不會害怕他嗎？」

「因為會避開那類人的，幾乎都是沒有自保手段的人。如果是我的話，假設他訴諸暴力，我也能把他給擊退，因此我才沒有退縮。」

堀北所說的每句話，該說是有點吹毛求疵，還是與眾不同呢？說起來，所謂擊退是指什麼？她是自備防狼噴霧之類的東西嗎？

「我們快點買一買吧，不然會對其他學生造成困擾。」

我和堀北一起結束購物。因為在收銀台被要求出示學生證，我將其通過收銀機機器，結帳馬上就完成了。由於不必收付零錢，作業十分順暢。

「還真的可以當作錢來使用啊……」

收據上印著各項商品的價格以及剩餘的點數。結帳無任何阻礙地順利結束了。等待堀北的期間，我把熱水注入泡麵。本來想會因為不知作法而歷經一場苦戰，不過方法十分簡單，只要打開蓋子並將熱水倒到線為止就好了。

儘管如此，這還真是間令人毛骨悚然的學校。

如此程度地發錢給每一個學生，到底有什麼好處呢？

今年的入學人數應該是一百六十人左右，所以簡單算算，這間學校的在校生也有四百八十人左右。光是這樣每個月就要四千八百萬，一年就是五億六千萬。

就算是由國家主導，但我只覺得做得太過頭了。

「讓我們有這麼多錢，對學校來說會有什麼好處啊？」

「也是呢……光是校內的設施，就足以讓學生群聚了。我不覺得有必要硬是讓學生持有這些錢。而且，這樣學生也很可能會忽略讀書的本分。」

這如果是在考試等努力過後所頒發的獎賞，那還能夠理解。

雖然這話很現實，但成功就會有所回饋，學生的幹勁也會上升吧。

然而，校方對點數的獲得，卻完全沒有設置條件，並且將高達十萬的錢發放給全體學生。

「雖然無法用命令的，但我勸你還是盡量避免亂花錢比較好。因為我想一旦習慣浪費，之後要改就很辛苦了。人類只要體驗過一次舒適生活，就無法輕易將其捨棄。生活水準降低時，所受到的精神打擊可是很大的。」

「我會謹記在心。」

我原本也沒抱著想將錢花在雜項上的心情，這點應該是沒問題。

結完帳往店外移動後，看見須藤坐在便利商店前等待。

他發現我這邊之後，便舉起手簡單地打了招呼。為回應他，我也將手稍微抬起，不知為何產生了好像是開心，又好像是害羞的心情。

「你該不會要在這裡吃吧？」

「當然啊，在這裡吃是這世上的普通常識。」

須藤一副很理所當然地回答，但我很為難，堀北也無法置信地嘆了氣。

「我要回去了，我可不想在這裡降低自己的格調。」

「說什麼格調啊，高中生這麼做很平常吧？還是說，妳是哪家的千金大小姐？」

須藤向堀北爭論，但她卻連看也不看他。

不知是否動了肝火，須藤把泡麵放在地上就站了起來。

「啊——？別人在說話就好好聽啊！喂！」

「他怎麼了？突然生起氣來。」

堀北始終都沒和須藤說話，只向我這麼問。

這似乎讓須藤越發不滿，以彷彿要撲過去抓住對方般的猛烈氣勢吼叫著：

「看這裡啊！小心我狠狠揍妳一頓！」

「我承認堀北的態度很差，但你也有點生氣過頭了。」

不管怎麼說，須藤理智斷線的前兆也未免太少了。

「啊？你說什麼？是這態度囂張的傢伙不對吧？明明就只是個女人！」

「明明就只是個女人——這真是嚴重的時代錯誤呢。我勸你還是別跟他成為朋友。」

堀北如此說道，直到最後都沒跟須藤對話，就轉過身去。

「等一下啊，喂！臭女人！」

「我就說冷靜點了。」

我慌張地制止認真想向前揪住堀北衣領的須藤。

堀北既沒停下腳步，頭也沒回地就這樣回去宿舍了。

「那傢伙搞什麼啊！可惡！」

「每個人都有不同的特色嘛。」

「煩死了，我很討厭像她那種一本正經的傢伙。」

就連我也被瞪了。須藤粗魯地抓起泡麵，掀開蓋子吃了起來。

像是剛才在收銀台前引起的爭吵也是，也許須藤的怒點有點低。

「喂，你們是一年級的？這裡是我們的地盤喔。」

正當我看著須藤吃泡麵時，從便利商店走出來，同樣拿著泡麵的三人組叫住了我們。

「想怎樣啊你們？是我先來這裡的。你們很礙眼，快點滾吧。」

「聽到了嗎？他說快點滾耶。看來來了個相當囂張的一年級啊。」

他們對須藤的爭辯格格笑。須藤見狀突然站起，將手裡吃到一半的泡麵往地上砸。附近散亂著一地的湯汁和麵。

「少因為我是一年級就瞧不起我，喂！」

……這已經不算有點了，須藤的怒點是非常低。看來他的個性是馬上就能威嚇叫囂的那種。

「對我們這些二年級你還真敢講啊，喂。這裡不是有放著我們的行李嗎？」

二年級的學長砰的一聲放下行李，然後哈哈大笑。

「好的，這裡放有著我們的行李。所以你給我滾。」

「真是好大的膽子啊，混帳。」

須藤絲毫不畏懼人數差異，與對方槓上。現在互相毆打的場面也看似一觸即發。他該不會也把我的人頭算進去了吧？

「喔——好可怕。你是哪個班級的？不對，讓我來猜一下吧。是D班對吧？」

「那又怎麼樣！」

須藤這麼答完，全體高年級生馬上一齊互相對看，隔了一個瞬間，突然爆出大笑。

「聽見了嗎？他說D班耶。果然啊！真是原形畢露呀。」

「啊？你那什麼意思啊！喂！」

須藤態度激動，反觀那群男生卻一邊賊笑地往後退。

「今天就先把這裡讓給你們這些可憐的『瑕疵品』吧。我們走。」

「想逃嗎！」

「就叫吧，繼續叫吧！反正你們馬上就會見識地獄。」

見識地獄？

從他們臉上看得出顯而易見的從容神色。這是怎麼回事呢？

話說回來，我還以為這間學校肯定都是些大少爺、大小姐，沒想到像剛剛那夥人，或者像須藤這類型的誇張傢伙，其實還挺多的。

「啊——可惡，不管是那個女的也好，二年級的也好，都是些煩人的傢伙！」

須藤也沒收拾散亂在地上的麵及湯汁，就這樣手插口袋回去了。

我抬頭仰望便利商店的外牆，那裡設置著兩台監視攝影機。

「這代表事後有引發問題的可能性嗎……？」

我無可奈何地蹲下，撿起泡麵碗後，就開始收拾善後。

儘管如此，二年級生一知道須藤是D班，態度一夕之間就轉變了。

我的確很在意，不過現在也不可能推論出答案。

4

下午一點過後，我回到了從今天起將是自己家的宿舍。

從一樓櫃台管理員那裡拿到了寫著四〇一的房卡，以及寫著宿舍規範的手冊，我便搭進電梯。看了看被交付的手冊，內容有倒垃圾的日子與時間，及請勿製造噪音的提醒。裡頭盡是記載著像避免過度用水、浪費電等基本生活事項。

「基本上電費或瓦斯費也沒有限制嗎……」

剛剛才在想費用鐵定會從點數裡支付。

這所學校真的是為了學生，而使盡了各種手段建立萬全體制。

男女共用宿舍讓我也有點驚訝。但雖說如此，手冊上也註明了「禁止進行與高中生身分不相符的戀情」。總之，主要就是禁止公然的性行為……這是當然的吧。聖職者是不可能會對進行不正當男女交際說ＯＫ的。

然而，我對這般舒適日子是否真能培育出傑出的大人深感懷疑，但作為學生方，還是欣然利用目前的情況會比較好。

我的房間僅有八張榻榻米（註：約四坪）這麼大。不過，從今天起這裡就是屬於我的家。儘管是學校宿舍，這也是我初次獨自生活。畢業為止的這段期間，我將斷絕所有外界連絡地過日子。

對於這種狀況，我不禁綻放出笑容。

這所學校以高就業率為傲，設施及待遇也都讓他校難望項背，是日本首屈一指的高中。

可是這些事對我而言，全都無關緊要。我會選擇這間學校唯一且最大的理由，便是——無論國中時期的朋友也好，雙親也好，未經允許皆無法與在校生做接觸。

這真是——何等值得慶幸的事情啊。

我是自由的。自由。用英語說的話是freedom，法語的話是Liberté。

……自由最棒了不是嗎？能在喜歡的時間裡吃飯、睡覺、玩樂，就是這麼回事吧？雖然這並不像是剛才那群人的語氣……我還真不想畢業啊——

在我考上這間學校前，老實說本來覺得哪間都無所謂。

不管有沒有考上，我原本認為其中的差別都微不足道。

然而，現在心中卻終於湧出「能進這間學校真是太好了」這般真切的感覺。

任何人的目光、話語，已經都不會傳達過來了。

我能夠改頭換面……不對，是能夠開啟嶄新的人生了。

總之，就先向自己發誓吧——要低調、適當地開心享受學生生活。

我穿著制服，就這樣跳進了整齊的被窩。然而，別說是睡意襲來，這令人興奮不已的情況，使我的心情無法冷靜，而且還越來越亢奮了。

開學第二天，由於是第一天上課，課堂上多半只做了學習方針等說明。

老師們都開朗、友善到讓人不覺得這裡是升學學校，不少學生心裡的實際感想也是大失所望吧。甚至連須藤也已經擺出一副大人物的樣子，幾乎每堂課都熟睡。老師雖然有注意到，卻完全沒有想勸戒他的跡象。

聽不聽課都是個人的自由，因此老師不予以干涉。這就是對於非義務教育的高中生們，所採取的對應嗎？

在輕鬆的氣氛之中進入了午休時間。學生們各自離席，與相識的人們結伴，並離去用餐。我只能有點羨慕地注視著這般光景。可惜到最後，我連半個好像能要好起來的同學都沒有。

「真悲哀呢。」

另一名落單者察覺到我這樣的狀況，對我投以了奚落的眼神。

「……幹嘛啊，什麼悲哀啊？」

「真想被誰給邀請、真想跟誰一起吃飯——因為我看透了你這些許的想法。」

「妳也是一個人吧，難道就沒同樣地這麼想嗎？還是妳打算三年都不交朋友，孤單一人？」

「是啊，我比較喜歡一個人。」

堀北毫無迷惘地迅速回答。聽得出來是打從心底如此說的。

「別管我了，你倒是替自己的情況想點辦法吧？」

「也是喔……」

連朋友也無法好好交的我，確實不能自以為是地說出這種話。

老實說如果再這樣沒交到朋友下去，往後會變得很麻煩。因為被孤立也會成為顯眼的存在。要是成為霸凌對象，才正是慘不忍睹。

課堂結束才過了一分鐘，班上大約一半的學生便消失無蹤。

剩下的同學們，有像我一樣雖然很想跟個誰一起去哪裡，卻畏縮不前的人，也有打從一開始就沒意識到這種事情的人，或者像是堀北那種喜歡獨來獨往的傢伙。

「呃——我接下來想去學生餐廳，有沒有人要一起去？」

平田一站起就說出這樣的話。

我對這傢伙的思考迴路，或該說是人生勝利組的姿態，感到相當欽佩。而我的內心某處，說不定就在盼望著製造這種契機的救世主。

平田啊，我現在就過去。我下定決心，並準備慢慢舉起手……

「我也要去～！」「我也要！我也要！」

我一看見平田周圍不斷聚集過去的女生，就放下了正想舉起的手。

為什麼女生要舉手啦！那明明就是平田對落單男生所展現的體貼！就算他有點帥，也不要連吃飯都跟著他走啊！

「真是悲慘呢。」

堀北的視線從奚落轉為鄙視。

「不要擅自推敲別人的內心啦！」

「還有沒有其他人？」

也許是因為沒有男生而感到有點寂寞，平田張望了四周。

平田的視線在教室大幅移動，然後，當然也與身為男生的我眼神交會。

這邊啊！平田，快點注意到我啊！期盼被你邀請的男人就在這裡啊！

和我對上眼的平田，沒有將視線離開。

真不愧是對班級照顧有加的人生勝利組，他理解我的請求了嗎！

「呃——綾小——」

在平田似乎為了回應我，而開口想叫我名字的瞬間——

「快走吧，平田同學。」

一名辣妹風格的女生沒察覺到我，就這樣抓住了平田的手臂。

啊……平田的目光被女生給奪走了。接著，平田與女孩子們氣氛和睦地走出了教室。留下的只有我懸在半空的手，以及站到一半的身體。

對這種狀態，我總覺得有點羞恥，便假裝在抓頭含混過去。

「我先走了。」

堀北留下憐憫的視線，也一個人走出了教室。

「真空虛啊……」

我無可奈何一個人寂寞地離開座位，姑且決定前往學生餐廳。

如果氣氛沒辦法讓我獨自用餐，那就去便利商店買點什麼。

「你是綾小路同學……對嗎？」

正想前往學生餐廳，就突然被一名美少女叫住。是班上的櫛田。

因為是第一次像這樣面對面，我的心怦怦跳個不停。

她的髮型是距離肩膀再稍微短一些的棕色直髮。這絕不帶有下流的形象，但她將裙子穿成學校能允許的最短長度，充滿最近高中女生的感覺。她手上拿的化妝包掛著許多鑰匙圈。我已經無法判斷她究竟是在拿化妝包，還是在拿鑰匙圈了。

「我是同班的櫛田喲，你記得我嗎？」

「大概還算記得吧，找我有事嗎？」

「其實……我有事想要問你。那個……雖然是件小事情，但綾小路同學難不成跟堀北同學關係很好？」

「並不怎麼好啊，普通啦，普通。那傢伙怎麼了嗎？」

看來與其說是找我有事，不如說堀北才是她的目的。有點哀傷。

「啊……嗯。那個……我不是想快點跟班上同學要好起來嗎？於是正在一個一個問連絡方式。可是……被堀北同學拒絕了。」

那傢伙也太浪費了吧，既然有這麼積極的人，順便給她連絡方式不就好了。這麼一來，說不定就能意外順利融入班級。

「入學典禮那天，你們也在學校前說過話吧？」

想到我們坐的是同班公車，她會看到我跟堀北的相遇，也不是什麼不可思議的事。

「堀北同學是怎樣個性的人呢？是在朋友面前會講各種話的人嗎？」

她是想知道堀北的事情嗎……雖然問了很多，但好像能回答的問題半個也沒有。

「我想她是有點不擅長與人交際的類型。不過為什麼要問堀北的事？」

「你看，像在自我介紹的時候，堀北同學離開了教室對吧？看起來好像還沒跟任何人說過話，所以有點擔心。」

這個人在自我介紹的時候，好像說過希望和全班要好起來。

「我明白妳的意思，可是我也是昨天才遇見她的，所以幫不了妳。」

「嗯……這樣呀。我還以為你們一定是之前同校，或是老朋友。抱歉呀，突然向你問奇怪的事情。」

「不，沒關係。只是，為什麼妳知道我的名字？」

「說為什麼……你不是自我介紹過了嗎？我有好好記住喔。」

看來櫛田有好好在聽我那無可救藥的自我介紹。

總覺得光是這樣，我就已經非常開心了。

「那就再次請你多多指教嘍，綾小路同學。」

她向我伸出手。雖然有點不知所措，不過我還是把手往褲子上擦了擦，接著握住她的手。

「請多指教……」

今天說不定會發生幸運的事情。既然有壞事，那也會有好事。

而人是一種隨自己方便的生物，因此壞事總能輕易地被好事覆蓋過去。

結果我只稍微窺視了學生食堂，就順道去便利商店買了麵包回教室。

留在教室裡的大約十名同學，有與朋友併桌吃飯的，也有獨自安靜用餐等各式各樣的人。如果要舉出共通點，那就是由於全體住宿，所以大家幾乎都是吃超商或學生餐廳的便當吧。

我正打算開始一個人用餐，不知為何隔壁鄰居卻已經先回來了。

她桌上那個是在哪裡買的呢？堀北正吃著看起來很美味的三明治。

因為她完全散發著「不要跟我說話」般的氣息，我就沒特別與她交談，並坐回自己的座位。

就座後，在我咀嚼著甜麵包時，從廣播器傳來了音樂聲。

『今天下午五點開始，將於第一體育館舉行社團說明會。對社團有興趣的學生，請在第一體育館集合。再重複一遍。今天——』

可愛女性的聲音隨著廣播傳出。

社團嗎？說起來，我還沒參加過社團呢。

「喂，堀北——」

「我對社團沒興趣。」

「……我什麼都還沒問吧。」

「那你要說什麼？」

「堀北妳不參加社團嗎？」

「綾小路同學，你是痴呆了嗎？還是說只是個笨蛋呢？我一開始就回答我沒興趣了。」

「就算沒興趣，也不代表不會加入社團吧。」

「那叫作強詞奪理，你還是好好記住會比較好。」

「我會的……」

堀北對交朋友及社團都不感興趣。我如此向她攀談，想必也讓她很厭煩吧。她單純是為了升學或就業才進這間學校嗎？

若是升學學校，這也並非難以想像的事，但也覺得有點可惜。

「你還真是沒朋友呢。」

「真是抱歉喔，我至今能好好說上話的，就只有妳而已。」

「我先說一下，你可別把我算作是你的朋友。」

「喔，嗯……」

「所以，你想去看社團，是打算加入什麼社？」

「啊，不，怎麼說呢，我還沒開始想。不過估計也不會參加。」

「不打算參加社團，卻又想去說明會。真是奇怪呢。還是你是將社團作為藉口，事實上卻策劃著去交朋友之類的呢？」

為什麼這傢伙會如此敏銳呢。不對，純粹是我太好懂了嗎？

「對第一天失敗的我來說，我想剩下的機會就只有社團了。」

「去邀請除了我以外的人不就好了。」

「就是因為沒有邀請對象，我才像這樣煩惱啊！」

「說得有理呢。不過，我不認為綾小路同學你是真心這麼說的。因為如果認真想交朋友，自己就該更主動表示。」

「我就是辦不到，才會一去不復返地離開人群好嗎？」

堀北將三明治送往小巧的嘴巴，靜靜地重新開始用餐。

「有點難以理解你那矛盾的想法呢。」

想要朋友卻無法交朋友。堀北好像對其完全無法了解。

「堀北妳沒參加過社團嗎？」

「是啊，我沒有社團經驗。」

「那除了社團之外，有什麼是體驗過的？妳果然體驗過各種事了？」

「……欸，你是抱著什麼企圖發言的？我感受到這問題帶有惡意。」

「惡意？什麼啊，那能請妳告訴我，剛才我想說的是什麼嗎？」

我的側腹突然被刺進了沒什麼前置動作的手刀。

讓人料想不到是由女孩子所發出的猛烈一擊，使我不禁喘不過氣。

「做、做什麼啊！」

「綾小路同學，至今為止我已經多次警告過你，但看來就算講了你也當耳邊風。因此，今後我將毫不留情地予以制裁。」

「堅決反對！暴力無法解決任何問題！」

「是嗎？自古至今，暴力存在的理由，是因為對人類而言，暴力終究是解決問題效率最佳的手段。不管是讓對方聽話，還是拒絕對方要求，施行暴力都會是最可靠、最迅速的方式。別說是國家與國家，就連警察也以執法者的立場，使用所謂手槍與警棍之類的武器，行使逮捕權來施行暴力行為喔。」

「還真是滔滔不絕耶……」

堀北像是在主張自己完全沒有錯一般堂堂正正地說道。包括至今為此的發言，她替自己的胡鬧行為，找了某種程度上算正當的藉口來反駁，真是惡劣。

「今後同時包含整飭綱紀的意義在，對於綾小路同學你，我打算為了讓你重新做人而施行暴力。你覺得如何？」

「要是我也對妳說會做出同樣的事，妳要怎麼辦？」

反正她只會說出像是「男人對女人出手，真是太差勁了」或「卑鄙的人」之類的話吧。

「沒關係。不過我覺得像這樣的機會不會降臨。畢竟我既不會說錯話，也不會做錯事。」

讓人出乎意料的回答。她對於自己的正確性深信不疑。

堀北的外表與言語用詞，都謹慎得像是個模範生，內在卻是個令人意想不到的猛獸。

「知道了、知道了。今後我會努力注意。」

我放棄邀請堀北，並面向窗外。啊……今天也是個好天氣呢。

「社團……嗎？我想想……」

堀北是想到了什麼嗎？她看起來一面自言自語，一面擺出了沉思動作。

「喂，放學後只去一下子也可以嗎？我陪你。」

「妳說只去一下子，也就是說？」

「你剛才不是說想要我陪你去說明會嗎？」

「是、是啊。我本來也沒打算待太久，因為我只是在尋找交友契機。可以嗎？」

「只有一下子的話。那麼，就放學後再說。」

堀北這麼說完，就繼續用餐了。看來她願意陪我去交朋友。

剛剛明明才說討厭的，難不成其實堀北是個好人？

「看你交不到朋友，四處慌忙奔走的樣子，好像也挺有趣呢。」

……果然是個討厭的傢伙。

2

「比想像中還要多人耶。」

放學後，我跟堀北找了恰當的時間點，來到了體育館。

看上去像是一年級的學生，大部分都已經到齊。將近一百人正在現場等待。

我們站在稍微後方的位置，等待著指定時刻的到來。

同時一邊閱讀進體育館時所拿到的小冊子。上面寫著社團的詳細資訊。

「這間學校有什麼知名的社團嗎？例如……空手道社之類的。」

「不管哪個社團水準似乎都很高，也好像有很多國家級的社團或選手。」

即使如此，棒球社或芭蕾舞社等程度卻不及其他名校。基於這點，可見這間學校裡的社團，好像有著濃厚的興趣取向。

「冊子上說，社團設備也遠比同水平的學校還要充足耶。妳看，也有高壓氧氣艙等等。該說不愧是設備豪華嗎……這連職業級的都相形失色。啊，只是好像沒有空手道社。」

「……是嗎？」

「什麼嘛，妳對空手道有興趣？」

「沒有，別介意。」

「不過還真是『那個』啊。無社團經驗者很難參加體育社團呢。高中初次登台的，反正也只會是個萬年候補。所以，我不覺得能從中找到樂趣。」

過於完備的狀況、環境，豈不也是個值得商討的問題嗎？

「這要看你夠不夠努力吧？只要在一年級、二年級不斷鍛鍊，不論誰都有可能性。」

鍛鍊嗎？我實在不認為自己能這麼拚命去做。

「對避事主義的綾小路同學你來說，鍛鍊應該是種無緣的存在吧？」

「這跟避事主義有關係嗎？」

「想避免無謂的勞動、平安度日的人，不就叫做避事主義？自己講過的話，還是對它負責到底比較好。」

「……我對用詞又沒想這麼深。」

「你就是這麼隨便，才會不管到什麼時候都交不到朋友呢。」

「被堀北妳這麼說，我還真是內心受創。」

「各位一年級生，讓你們久等了。接下來，將由社團代表人，開始進行入社說明會。我是學生會的書記橘，將擔任這次說明會的主持人。請多指教。」

主持人橘學姊結束了招呼，社團代表人便在體育館的舞台上排成了一列。

社團代表人形形色色。從穿著柔道服看起來很強壯的學長，到身穿漂亮和服的學姊都有。

「要不要改變想法試著加入運動社團？柔道不是很適合你嗎？學長看起來也很溫柔，這一定能成為你的激勵。」

「哪裡看起來溫柔了啊？那種像大猩猩一樣的體格，我肯定會被殺掉。」

「柔道簡直輕而易舉——我之後會跟他們轉達你如此揚言的。」

「請妳千萬別這麼做啊！」

真是的，才在想是不是終於有了正經的對話，結果卻盡是被耍著玩。

「不過，體育系社團好像真的很有魄力，有種謝絕初學者的氣氛。」

「應該會歡迎初學者。基本上社員越多的話，當然也就能從學校獲得許多社費來充實練習環境吧。」

「這樣初學者簡直是只為了錢而被利用……」

「盡可能地招攬社員來增加社費，之後再讓他們成為幽靈社員，豈不是很理想嗎？這個社會就是如此巧妙運作呢。」

「這社會可真是討厭啊……妳的想法也格外現實。」

「我叫做橋垣，擔任弓道社的主將。我想很多學生對於弓道的印象就是老派、樸素。但是它

非常有趣，也是很值得去進行的一項運動。我們很歡迎初學者的學生，因此，請務必加入我們的社團。」

台上身穿弓道服的女性學生，開始了社團介紹。

「你看，他們似乎歡迎初學者喔。要不要參加看看？為了社費。」

「我絕對不要只是去被利用才加入社團……！而且，體育社團一定都是些人生勝利組的聚集地。不被當一回事也不快樂，直到最後退社的結局——我一瞬間就能看見了。」

「那不是你扭曲的個性才會產生的想法嗎？」

「不對，絕對就是那樣。體育社團就算了。」

我們這裡是家庭式的職場——像這種只有自家人滿足的打工，我才不想去做。

如果是更加穩重、安靜的社團，就比較好進去了。

「……！」

在我看著學長們輪番介紹社團的時候，隔壁堀北的身體突然劇烈震了一下。她面色鐵青地注視著舞台方向。

「怎麼了？」

然而，她好像沒有注意到我的搭話。

為了追上她的視線，我也往舞台看了過去，但沒在那裡找到特別的東西。

現在正在介紹的人，似乎是棒球社的代表，而且只穿著棒球球衣。

難道是對那個棒球社的人一見鍾情之類的嗎？但看起來也不像這樣。是驚訝？畏縮？或者是喜悅？堀北的表情很複雜，老實說我無法理解。

「堀北，妳怎麼了？」

「…………」

看來她真的沒聽見我的聲音，就只是這樣目不轉睛地注視著舞台上。

我心想還是別再繼續向她搭話，也開始傾聽說明。

棒球社的說明，本身並沒有什麼特別出色之處。

內容為社團活動時間、社團魅力之處，以及歡迎無經驗者等正統的招呼語。不只是棒球社，大部分的社團幾乎都重複著類似的說明。

如果要說有什麼驚奇事，那就是發現書道、茶道等小眾文化性社團也很豐富，以及得知創辦新社團最少需要三人。

每當輪換社團說明時，一年級就會與朋友們互相討論想法。

等注意到的時候，體育館已經沉浸在一片熱鬧的氣氛之中。從擔任監督角色的老師到社團代表，都沒對吵鬧的一年級生們露出厭煩神色，且繼續說明著。為了盡可能地招攬社員，說不定他們也相當拚命。

結束說明的學長們，依序下台並前往陳列著簡便桌子的場所。說明會結束後，八成就會直接在那裡舉行入社申請吧。

從舞台上離去了一人、離去了兩人，接著終於只剩下了最後一個人。大家的視線都集中了起來。

這時我才發現，堀北自始至終都只注視著那個人。

那個人的身高一百七十多公分，並不是那麼高。在纖細的身體之上，有著清爽的黑髮。透過他造形俐落的眼鏡，能夠窺視到其充滿知性的眼眸。

站在麥克風前的那個學生，以沉著的姿態眺望著一年級生。

究竟是什麼社團、到底要做什麼說明呢？我對此產生興趣。

但我的這般期待卻落空了。因為那名學生連一句話也沒有說。

難道說是緊張得腦袋一片空白嗎？還是緊張得發不出聲音？

「請加油～」

「沒有大字報嗎～？」

「啊哈哈哈哈哈！」

一年級生傳來了這般聲音。然而，站在台上的學長卻動也不動，只是一直站著。那些笑聲及鼓勵，彷彿都沒有傳達到。

笑聲一旦過了最高峰，便突然冷場。

「那個人在搞什麼啊？」體育館裡開始出現傻眼的學生，嘈雜了起來。

即使如此，台上的男性也不為所動。他就只是這樣靜靜地一動也不動。

堀北也沒有移開她凝視那名學生的雙眼。

然後，輕鬆的氣氛慢慢朝著意料之外的方向轉變。這就有如化學變化。

整個體育館瀰漫著令人無法置信的緊張與寂靜氛圍。

這般寂靜，恐怖到即使沒被任何人命令，也讓人感覺到不能說話。

如今已經沒有半個人敢開口說話了。而這樣的寂靜，在持續了三十秒左右的時候……台上的學長終於慢慢地環視全體學生，一邊開始演講起來。

「我是擔任學生會會長的堀北學。」

堀北？我看著隔壁的堀北。是碰巧同一個姓氏嗎？還是說……

「學生會這次也伴隨高年級生的畢業，將從一年級生中招募候選人。候選人不需特別條件，但若有人考慮成為學生會的參選者，請避免加入其他社團。欲同時參加學生會及其他社團者，原則上將不予以採用。」

語氣柔和，卻讓氣氛產生了彷彿要刺入肌膚的緊張感。光憑他一個人，就讓這廣闊體育館內超過一百名的新生們閉上了嘴。

當然，具備這種力量，並非是身為學生會長的緣故。這是眼前名為堀北學的學生自身所擁有的實力。整個場面的氣氛，也逐漸陷入他的掌控之中。

「接著——我們學生會，不希望有抱持天真想法參選的人。像那樣的人，豈止是當選，想必還會對學校留下汙點。我校的學生會，正因為被校方賦予改變規章的權利及使命，所以備受期待。我們只歡迎能理解這件事的人。」

流暢地演說完之後，他便直接下台，走出體育館。

我們一年級生能做到的只有不發一語地目送學生會長。要是閒聊的話，不知道會不會怎麼樣。現在就是充滿著會讓人如此認為的氛圍。

「大家辛苦了，說明會到此結束。現在將開始受理入社申請。另外，由於入社申請將一路進行到四月底，因此事後想再申請的同學，請直接攜帶申請表前往希望加入的社團。」

多虧了從容不迫的主持人，緊張的氣氛也漸漸煙消雲散。

在這之後，介紹社團的三年級生們，便一齊開始受理入社申請。

「…………」

堀北始終就這樣站著，沒有要移動的跡象。

「喂，妳怎麼了啦？」

與其說是堀北不回答我，不如說好像是我的話沒傳進她耳裡。

「唷！綾小路同學，你也來了啊。」

正當我沉浸於思考時，被人給搭了話。是須藤。班上的池以及山內也跟他在一起。

「什麼嘛，三個人一起行動。你們已經這麼要好了啊。」

我一面壓抑著內心羨慕的心情，一面對須藤如此說道。

「所以說，你也要參加社團嗎？」

「沒有，我只是來參觀。你說了『也』這個字，也就是說須藤你要參加社團嗎？」

「對啊，我從小學開始就熱衷於籃球，所以在這裡我也想打球。」

之前就覺得他的體格很結實，原來須藤的第一優先是籃球呀。

「那你們兩個呢？」

「我們是來湊熱鬧的，也可以說因為感覺很好玩才湊過來。另外，也期待能夠來個命運般的邂逅。」

「什麼東西啊？命運般的邂逅？」

我一反問池的奇怪目的，他就把雙手抱在胸前，洋洋得意地答道：

「我的目標，就是在D班第一個交到女朋友，所以才正在尋求邂逅呀。」

原來是這麼回事。看來對池而言，校園生活裡最該優先去做的，就是交到女朋友。

「話說回來，剛才的學生會長還真是好有魄力啊。有種支配全場的感覺？」

「是啊。一句話也沒講就讓大家閉上嘴，一般來說是做不到的。」

「啊，對了對了。其實我昨天創了一個男生專用的聊天群組。」

池這麼說著，接著拿出手機。

「都特地創了，你就一起加進來吧？還滿方便的喔。」

「咦，我也可以加入嗎？」

「當然啊——因為我們都一樣是D班的啊。」

真是意想不到的建議。我很高興地應邀加入聊天群組。

終於獲得能夠交朋友的契機了！

就在正想拿出手機交換連絡方式時，我看見堀北消失在人群之中。

看見她的樣子，我不知怎的有些擔心，不禁停下了操作手機的動作。

「怎麼了——？」

「沒有……沒什麼事。那麼我們交換吧？」

我重新開始操作手機，並且跟池他們交換了連絡方式。

那傢伙要單獨行動也是她的自由，我沒有干涉的權利。

雖然在一瞬間感到掛心，但我終究還是沒有追上去。

各位**男士**，久等了

「山內早安！」

「池早安！」

我一到了教室，就看見池滿臉燦爛笑容向山內打招呼。

這兩個人這麼早就到校，還真是稀奇。入學典禮以來已經過了一週，池及山內幾乎每天都是遲到前夕才來。就只有今天特別早。

「哎呀——太期待今天的課程，結果完全睡不著呀。」

「哈哈哈，這間學校真是太棒了，沒想到從這個季節就開始有游泳課了。說到游泳課就是女孩子！而說到女孩子就是校園泳裝！」

游泳課程的確是男女合辦。換句話說，就會看見堀北、櫛田，還有其他眾多女生的校園泳裝……以及裸露的肌膚了。只是池跟山內鬧得太過頭，以至引起了部分女生的反感。

話說回來，我可不能再這樣繼續一個人坐著，永遠離群下去。得積極地打入他們的圈子才行。悄悄觀察好幾次情況，幸好他們三人的對話已經中斷。認為機會就是現在的我，站了起來。

然而……

「喂～博士～過來一下～」

「呼呼，叫在下嗎？」

綽號稱呼為「博士」的胖胖學生，慢慢靠了過來。

印象中名字好像是外村還是什麼的。

「博士，你會好好記錄女生的泳裝吧？」

「交給在下吧，在下打算以身體不適做為藉口來見習課程嗯嘎。」

「記錄？你打算讓他做什麼啊？」

「要讓博士去製作班上大胸部女生排行榜喔。還有，如果有機會就用手機拍照之類的。」

「……喂喂喂。」

須藤也對池的目的不是很認同。這種事要是被女生知道就嚴重了。但姑且先不論內容，我很羨慕這種朋友間的對話。真好啊，朋友。我也好想要朋友。

「真悲哀呢。」

「……妳也來了啊，堀北。」

「就在幾分鐘前。你好像戀戀不捨地看著男生，所以才沒有注意到我。這麼想要朋友的話，不如就試著去搭話？」

「煩死了，不要管我。要是做得到我就不必煩惱了。」

「在我看來，你明明好像也沒有溝通障礙。」

「我有很多苦衷啦。唉……我竟然到現在能夠進行對話的，都還只有堀北。」

雖然有跟池他們在聊天室上聊天，但還是無法好好進行談話。

「喂……我再重新說一遍，你可別把我算作是你的朋友喔！」

堀北露出打從心底厭惡的表情，並與我保持距離。

「沒問題。我再怎麼落魄，也不至於會有那種想法。」

「是嗎？那我就稍微安心了。」

這傢伙到底有多討厭與人來往啊。

「喂——綾小路。」

池的口中突然冒出了我的名字。我抬起頭，看見他笑著對我揮手。

「什……什麼事啊？」

我講話有些結巴，一面站了起來。這時堀北已經對我失去興趣了。

總而言之，能進入他們那群的機會忽然翩翩降臨。我逐漸地接近池。

「其實，現在我們正想來賭女生胸部的大小。」

「也有賠率表喔。」

博士拿出平板電腦開啟了Excel檔案。

上頭列著全班女生的名字，而且還附著賠率。老實說，我對賭這個完全沒有興趣，但也不能就這樣失去好不容易才抓住的交友機會。

「呃……那麼我就參加吧。」

「喔！來玩吧來玩吧！」

目前第一名的巨乳候選人是「長谷部」。賠率是一點八倍。

不過這裡幾乎都是我沒聽過的名字。我連同班同學的名字都沒記住，真是太沒用了。

「這個，該說是比想像中還做得好嗎……你們也觀察得太仔細了吧。」

「因為我們是男人啊。腦袋總是充滿著胸部或屁股！」

就算是事實，但就這樣直接說出口也太露骨了。

順帶一提，賠率最高的組別裡，有堀北的名字。只要賭對就能贏三十倍以上。

胸部的情況，大致上都是由外觀來判定輸贏，所以堀北大概沒有勝算。

「如何啊？我們賭一注一千點。」

「這樣子啊……」

由於資訊不足，即使一覽表格，別說是胸部大小了，我連她們的名字和容貌都無法對上。

因為實際上，我幾乎沒和堀北、櫛田以外的女生說過話。

櫛田的胸部好像也滿大的，儘管如此卻不足以角逐第一名。

「只是玩玩有什麼不好呢？人太少也有點無聊。」

「我也來玩。」「我也要、我也要。」「可別小看我的乳量偵測器喔。」

在我考慮的期間，男生鬧哄哄地聚集而來，露骨地熱烈討論起女生的胸部大小。教室裡的部分女生如同見到穢物似的，更加對他們投以藐視的眼神。

「我也要賭。順帶一提，我要賭的是佐倉。」

山內擠進我們之間如此說道。說到佐倉，她是個戴眼鏡的樸素女孩。因為幾乎沒和誰說話，老實說我對她幾乎完全不了解。

山內好像想到了什麼，便與博士和池勾肩搭背，開始竊竊私語。

「這件事只告訴你們，其實，我被佐倉告白了耶。」

「啥啊？真、真的嗎！」

最驚訝、焦急的就是池。他在班上最先交到女友的目標，已經失敗了嗎？

「真的真的。但是要保密喔！雖然那種不顯眼的女生，我當然是甩了。那時候我有看見她穿便服的樣子。還滿大的喔。」

「笨蛋。就算不可愛，但如果是巨乳的話，不就應該要交往嗎？」

「如果不是櫛田或長谷部等級的，我就不要。我對那種土裡土氣的女生不感興趣。」

因為本人不在場，山內便毫不客氣地暢所欲言。

被告白的事情，也可疑得不知究竟能相信到什麼程度。

結果我沒能做出決定，就隨便賭了一個在前段排名的女生。

1

「好耶！是游泳池！」

午休結束，池他們期盼已久的游泳課終於來臨了。

池歡欣鼓舞站了起來，並成群結隊出發前往室內游泳池。我也悄悄跟在他們後頭吧。而正當我這麼想的時候——

「一起走吧，綾小路。」

「咦？好……好啊。」

對於池所提出的邀約，雖然我回得有點支支吾吾，但還是小跑步過去跟他們會合，前往了更衣室。

須藤為了快速換裝，馬上開始脫起了制服。並展現出經由籃球徹底訓練過的肉體。和其他學

生相比，他的出色體格也明顯地更勝一籌。

須藤與腰間圍著浴巾的學生們相反，坦蕩蕩地只穿了一條內褲。接著，就這樣全裸，並從袋子裡取出了泳褲。對於這種態度，我忍不住向他搭話。

「須藤，你還真是正大光明啊。不在乎周遭眼光嗎？」

「玩體育的怎麼會換個衣服就慌張啊。要是偷偷摸摸，反而會成為被注目的焦點。」

這好像也說得過去。一般在這種場合偷偷摸摸的傢伙都會被人捉弄。

「那我先走了啊。」

須藤轉眼間就走出了更衣室。我也快點換完衣服吧。

「嗚哈！這間學校果然很棒啊！這不是比街上的游泳池還更好嗎？」

穿著競賽型泳褲的池，看見了五十公尺的游泳池，馬上就說出如此感想。

水質清澈又乾淨，在室內也不會受到天氣影響。真是出類拔萃的環境。

「女生呢？女生還沒好啊？」

池一邊用鼻子哼歌，一邊尋找著女生。

「換衣服很花時間，所以才會還沒好吧。」

「喂，要是我控制不住闖進女生更衣室，會怎麼樣呢？」

「除了被女生圍毆，應該還會被退學，並函送檢方偵辦吧。」

「……不要說出這麼有真實感的吐嘈啦。」

池似乎是去想像了而感到害怕，因此哆嗦著身體。

「你要是太過於在意泳衣，可是會被女生討厭喔。」

「會有男生不在意嗎！……要是站起來了該怎麼辦呀……」

從那個瞬間直到畢業那天為止，池一定都會一直被女生給討厭吧。

咦？我是不是好像很自然地就在跟池他們對話？

等到發現的時候，我已經加入了直至今早都想加入但沒能參與的團體裡。說不定，我現在就正在親身體驗朋友誕生的瞬間。

「唔哇～好寬廣喔，比國中時期的游泳池還大耶～」

晚了男生們幾分鐘後，女生們的聲音傳來耳裡。

「要、要來了！」

池擺好了架勢。就跟你說了，要是表現得這麼露骨的話會被討厭喔。

雖然如此，其實我也很在意。譬如像是長谷部、櫛田，姑且還有堀北。

特別是傳聞中胸部最大的長谷部。就讓我見識一次也不會吃虧吧。

然而，我們全體男生學生的心願，卻被料想不到的形式所背叛。

「長谷部不在！這、這是怎麼回事！博士！」

見習課程的博士神色慌張，從見習用建築的二樓眺望全景。

從高處，並以他那眼鏡後方的小小雙眼，應該能夠瞬間找出池他們所漏看的獵物才對。

然而——不論何處都無法捕捉到她的蹤影。

博士左右擺動著頭，彷彿訴說著自己難以接受事實。是還在換衣服嗎？還是說……

「後……後面啊！博士！」

「嗯嘎嘎嘎！」

池伸手指著並且大叫，情勢清楚了起來。長谷部和博士同樣都是見習組。

女生們陸續湧出，每個都作為見習組而出現在二樓。其中也有佐倉的身影。

「為、為什麼啊……這是怎麼回事啊！」

池就猶如看到無法相信的東西，當場抱頭崩潰。

長谷部似乎是名對於自己身為美女有自覺的女生。再加上，她對男生投向的好奇眼光敬而遠之。就算選擇見習也不奇怪。

「我還以為……我還以為可以看到巨乳……巨乳啊！」

雖然我很能體會池的心情，但很可惜的是，他的呼喊連長谷部都能聽見。

「噁心。」結果還被如此小聲罵道。所以我才跟你講這麼多次，要是表現得太露骨會被討厭啊……

「池，現在可不是悲傷的時候。我們這裡還有很多女生！」

「沒……沒錯。的確是這樣。我可不能在這裡就灰心喪志。」

「「兄弟啊！」」

山內與池確認彼此的兄弟情誼，並互相握住對方的手。

「你們兩個在做什麼呀？看起來好像很開心呢。」

「小、小小、小櫛田！」

櫛田就像是將兩個人分開似的探頭過來。

穿著校園泳裝的櫛田，身體浮現出妖豔的曲線。

剎那間，男生應該幾乎都將目光定在櫛田的身體上了吧。胸部應該是D或是E。雖然不太清楚，但大概就落在那一帶吧。遠比原本想像中的還要大。恰到好處的大腿及屁股肉感，或說豐腴，格外地鮮明。然而，包含我在內的男生們，馬上就將視線移開了。

啊，今天也是個好天氣呢……世界和平真是太棒了。

……要是產生了生理反應，可是會引起很大的騷動。

「你在沉思什麼？」

堀北狐疑地探頭看著我。

「我正埋頭在和自己的戰鬥之中。」

堀北的泳裝姿態。該怎麼說呢？嗯，感覺很健康而且絕對不算差。

但是盯著她看的話，似乎就會發生不得了的事，所以在冷靜下來以前還是先忍耐。

「…………」

堀北不知為何正看著我的全身。

「綾小路同學，你有在做什麼運動嗎？」

「咦？不，沒有。雖然不是我在說，但我國中可是回家社的喔。」

「但是……你粗壯的上臂以及背部的肌肉，可是一點也不尋常。」

「我只是受父母恩惠，得到了這副身體。」

「我怎麼樣都不認為只有這些理由。」

「妳難道是那個……肌肉控嗎？妳能賭上性命這麼斷言嗎？」

「你如果否定到這種程度，我就相信你吧……」

堀北好像有點不滿。看來她自認有一定的看人眼光。

「堀北同學擅長游泳嗎？」

她對於櫛田的問題露出些許懷疑的表情，但還是靜靜地回答了。

「說不上擅長，但也不至於到不擅長呢。」

「我國中的時候對游泳很不拿手。但是拚命練習後，就變得會游了。」

「這樣啊。」

堀北不感興趣地回答，便與櫛田稍微保持了距離。這是她不願意再進行對話的暗示。

「好了——大家過來集合——」

彷彿肩負著運動界榮耀的肌肉大叔，集合了學生並開始上課。他看起來很有體育老師的感覺，但應該算是那種不論男女都會有點反感的類型。

「見習生有十六人啊。好像有點多，不過就算了。」

顯然也有只是想蹺課的學生混在裡頭，但老師沒有對其追究。

「我就直接進入正題了。做完暖身操之後，我想讓你們去游泳，看你們的實力到哪裡。」

「那個，老師，我不太會游泳耶……」

有一名男生好像很不好意思地舉起手。

「既然是給我教，我就一定會讓你在夏天之前學會游泳。放心吧。」

「不用勉強讓我學會游泳也沒關係啦，反正我也不會去什麼海邊。」

「這可不行。現在就算再怎麼不拿手也沒關係，我會讓你們克服。學會游泳的話，之後絕對會派上用場。絕對。」

學會游泳的話會派上用場？確實在某些時候會很方便吧。

然而，對於學校的老師如此斷言，我感到有點不自然。

不過，說不定是身為教師，才會有想把旱鴨子醫好的強烈想法。

全體學生開始準備暖身操。池一直不時地偷窺女生的模樣。接著大家被指示簡單地去游大約五十公尺。不會游泳的人，腳踩到底部似乎也沒有關係。

我進入了去年夏天以來的久違泳池。水溫做了適當的調整，幾乎不會感覺到冷，身體馬上就適應了。我接著稍微地游了一下。

游完五十公尺後，我便爬上岸，等待全部的人都游完。

「嘿嘿嘿，輕鬆輕鬆！你有看到我的超級泳技嗎？」

池動作輕快地游完，並擺出得意洋洋的表情爬上岸。不，你游得跟其他人並沒有什麼差別喔。

「看來目前幾乎所有的人都會游呢。」

「老師，太輕鬆了啦。我在國中的時候，可是被稱作敏捷的飛魚呢。」

「這樣啊。那麼話不多說，接著進行競賽。男女各比五十公尺自由式。」

「競……競賽！真的嗎！」

「我就給第一名的學生特別獎勵五千點吧。相反地，最慢的傢伙必須接受補課，所以做好覺悟吧。」

對游泳有自信的學生發出了歡呼，沒自信的學生們則是叫苦連天。

「女生人數少，所以分成兩組，一組五人，時間最短的學生獲勝。男生則由速度最快的五個人來決勝負。」

我從來沒想過校方會將點數當作獎勵。說不定這是為了激勵今天缺席的學生們，真是好點子。

參加競賽的除了見習生以及一名不會游泳的人之外，男生有十六人，女生有十人。由於決定先從女生開始，男生們便興高采烈地坐在游泳池畔，替女生加油……進行評鑑。

「小櫛田小櫛田小櫛田小櫛田小櫛田。呼啊、呼啊、呼啊、呼啊。」

看來池已經完全拜倒在櫛田的石榴裙之下。

「池，你這樣很可怕，冷靜點。」

「可、可是小櫛田真的很可愛吧，胸部也果然非常大。」

櫛田以徹底的優勢獲得了男生的人氣。剩下的女生則水平都差不多吧。

只論長相的話，堀北毫無疑問也屬於最高級別，然而討厭與人來往的這點，卻害得她人氣略低。即使如此，以男生的觀點來說，堀北毫無疑問仍是個十足的獎勵。她一站到了起點上，便歡聲四起。

「各位，好好地將畫面烙印在腦海裡！我們要確保今天的配菜！」

「「喔！」」

怎麼說呢？總覺得透過這次游泳課，男生們之間的羈絆好像增強了。

若要說唯一的例外，沒有用那種眼光看待女生的，似乎就只有平田。

嗚笛後，五名女生跳進水裡。堀北在第二水道，從比賽開始就取得領先，並就這樣咬住距離一路維持第一。連半個驚險場面也沒有，漂亮地游完了五十公尺。

「喔～～～～～～～！幹得好啊堀北！」

時間是二十八秒左右。這應該相當快吧？堀北臉不紅氣不喘地慢慢爬上池畔。

男生將結果之類的視為次要，並將視線定在了女生充滿彈性的屁股。我也不知不覺地看著堀北。她是唯一和我比較要好（？）的女生，所以總覺得有點……那個呀。嗯。

緊接著第二回合比賽，人氣第一的櫛田在第四水道，朝著聲援的男生們笑著揮手。

「唔唷喔喔喔喔！」

男生們扭著身軀，其中甚至有人偷偷按著胯下。

櫛田在自我介紹時，宣示要和全班同學成為朋友，這不是已經幾乎成為事實了嗎？男生自然不在話下，她的周圍也時常環繞著女生開心地談天說笑。櫛田應該是擁有著相當吸引他人的氣質吧。

接著是第二場比賽的開始。初期局面便是一面倒，叫做小野寺的游泳社女生以絕對優勢抵達了終點。還游出了二十六秒如此無可挑剔的數字，取得壓倒性勝利。櫛田也游出了三十一秒左右

的好成績，結果是總排名第四。

我走過去跟上了泳池畔的堀北搭話。

「得到第二名還真是可惜。對手是現役游泳社員，果然還是很棘手啊。」

「沒差，反正我也不在意輸贏。比起這個，你有自信嗎？」

「這不是當然的嗎？我可是不會吊車尾的。」

「……這並不是什麼值得自滿的事情喔。我還以為男生都很講究輸贏。」

「我不喜歡互相競爭，畢竟我是避事主義嘛。」

我從一開始就放棄什麼第一名了。只要能避免補課就夠了。

被分配到第一組的我，位於第二水道，而在隔壁第一水道的則是須藤。要跟上運動社團的須藤是不可能的，我馬上就不再注意他。總之只要在這之中避免墊底，就能夠避開最後一名。我一面考慮這些事情，一面從起點跳進水中。

須藤以驚人的氣勢游完五十公尺，並從水面抬起了臉。男女都發出了讚嘆的歡聲。

「幹得好啊須藤，只花了二十五秒。」

另一方面，我是三十六秒多，看來應該會是第十名。太好了，這樣就不用補課了。

「須藤，你要不要加入游泳社？只要練習的話，參加大賽也綽綽有餘喔。」

「我對籃球可是一心一意，游泳充其量只是玩玩。」

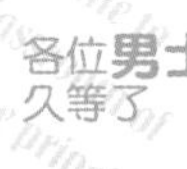

對須藤來說，這種程度的游泳好像不算是運動，並且游刃有餘地爬上池畔。

「啊——討厭討厭，就說那些運動神經發達的傢伙真是討厭。」

池忌妒般地戳了須藤的手肘。

「呀——！」

女生們發出了尖叫聲（高興的）。平田似乎站上了起點。

須藤雖然有著讓男生們憧憬的身體，但平田的身體則使女生著迷。平田身材苗條卻很結實，是纖細型肌肉男。池聽見了女生對平田的加油聲，便做出往地上吐口水的舉動。須藤也有點不服氣地瞪著平田。

「要是敢贏過我，我會盡全力把你給擊潰。而且還是以本大爺的全力。」

你不是說游泳只是玩玩的嗎……

老師鳴哨，平田便以優美的姿勢跳入泳池中。每當平田的手臂一撥水，游泳池畔的女生陣容就揚起歡呼聲。他游泳的姿態也真是帥得很多餘。

「真是意外的快。」

須藤說出了冷靜的一句話。平田確實游得很快，不可否認地比其他同時游泳的四名男生都還技高一籌。這又更加地誘使女生們尖叫。

平田不負眾望，第一名抵達終點。大聲高亢的女生歡呼聲響徹了整個室內游泳池。

「老師，時間是？」

池緊咬不放般地問道。

「平田的時間是……二十六秒十三。」

「太好了，行得通啊須藤。是你的話就能贏！去對他施予正義之槌吧。」

「交給我吧，我會徹底擊潰平田，讓他的人氣一落千丈……」

須藤意氣風發地回應池，但是平田就算輸了，人氣大概也不會下滑吧。

「平田同學，你剛才好帥！不只是足球，你也很擅長游泳呢。」

「是這樣嗎？謝謝妳。」

「喂，妳幹嘛對平田同學放電呀！」

「啥？在對他放電的是妳吧！」

「咕——！」

諸如此類。平田的人氣狀況，已經讓人超越了憤怒，到達了令人傻眼的境界。

「請別為了我而爭吵，因為我是屬於大家的。你們就好好看著吧，真正有實力的人游起來會是如何。」

不知道高圓寺是怎麼聽的，似乎誤以為那些是對自己的歡呼聲。

他浮現了清爽的笑容，並走向起點。

「喂……高圓寺那傢伙，為什麼穿了三角泳褲啊……」

「誰、誰知道呢？」

雖然學校的規定裡，大致上是允許三角泳褲，但是這個班級裡就只有高圓寺在穿。對於高圓寺強調胯下的模樣，女生則別開了臉。

然而比賽第三回合，備受矚目的果然還是高圓寺。開始前精雕細琢的準備姿勢，看起來就像運動選手。事實上不只是姿勢，就連肉體的完成度都比須藤還要更高。包括須藤，班上對於運動有自信的人都屏息等待，並準備審視高圓寺的游泳表現。

「我對勝負雖然沒興趣，但我可不喜歡輸呢。」

明明就沒人問他，他卻自己講了。伴隨著哨音，高圓寺以範本般的姿勢跳入了水中。

「唔喔！好快！」

須藤對於超越想像的侵略性泳姿，發出了驚訝的聲音。平田也目瞪口呆地看著那個泳姿。雖然強烈地濺起水花，但速度上卻是無可抱怨。他毫無疑問比剛剛的須藤還要快。按下計時碼表的老師，也不禁再看了一次時間。

「竟然是……二十三秒二二。」

「看來我的腹肌、背肌，以及大腰肌的狀況一如往常地好。還不錯呢。」

一下子就爬上岸的高圓寺，露出游刃有餘的笑容，並將頭髮往上撥。

看起來連個喘息也沒有，真不覺得他有使出全力去游。

「真是讓人熱血沸騰啊……！」

須藤似乎是不想輸，開始熊熊燃燒起鬥志。老實說，除了須藤，沒有人對上高圓寺有勝算吧。而事實上，決賽也是高圓寺對上須藤的單挑。

「高圓寺同學跟須藤同學游得都很快，好期待喔。」

「對、對啊，就是說。」

正當我發呆等著決賽開始時，櫛田突然找我攀談。

對於穿著泳裝的美少女就站在旁邊的這般緊急狀況，我的小鹿心亂撞。

「嗯？怎麼了？你的臉好像紅紅的……難道是身體不舒服之類的嗎？」

「沒有沒有，完全沒有那種事……」

「話說回來還真是奇怪呢。學校從四月開始就有游泳課。」

「應該是因為有這麼出色的室內游泳池吧。說起來，櫛田妳游得挺快的耶，簡直讓人不敢相信妳國中的時候不太會游泳了。」

「綾小路同學不是也游得還可以嗎？」

「只到還可以的程度，我也不是那麼喜歡運動。」

「是這樣嗎？可是，總覺得……綾小路同學很有男子氣概呢。身材纖細，卻好像又比須藤同學還要更加結實。」

櫛田好像很吃驚，目不轉睛地盯著我的身體。這比被堀北盯著看的時候，還要緊張十倍。

「這只是天生的肌肉體質，並沒什麼特別的原因。而且，事實上我也是回家社的。」

對話以不錯的感覺進行了下去。雖然有點緊張，但逐漸充滿在心中的這份感情，到底是什麼呢？真想就這樣，再多和櫛田兩個人單獨聊天啊。

「唔喔，高圓寺好強。這豈不是壓倒性贏過須藤嗎…………你在幹什麼啊綾小路！」

看來決賽中，高圓寺以五公尺的距離領先須藤，並獲得了勝利。觀戰完比賽的池，帶著宛如惡鬼的表情朝我這裡猛撲過來。

「什、什麼幹什麼，沒事啊。我什麼也沒做喔。」

「你不是正在做嗎！」

池用力把手臂環住我的脖子，並說起悄悄話。

「小櫛田是我的目標，你可別礙事了喔。」

我沒有特意阻礙你的打算，不過世上還是有做得到跟做不到的事情。我想櫛田可不是池你這種等級所能攻陷的女生。雖然說我也是啦。

「桔梗，回去時要不要順道去咖啡廳？」

「嗯，我要去我要去！啊，不過等一下喔。我再去邀邀看一個人。」

櫛田事先向女性朋友通知一聲，便來到正在將課本裝進書包的堀北身旁。

「堀北同學，我接下來要和朋友一起去咖啡廳，如果可以的話，妳要不要一起去？」

「沒興趣。」

堀北彷彿認為多說無益，就這樣把櫛田的邀約給一刀斬斷。

就算是說謊也好，難道她就無法回答「接下來我要去買東西」或者「我已經跟別人約好了」這樣的話嗎？堀北明白地表示拒絕，但櫛田卻依然保持著笑容。

這般光景早就已經不稀奇了。從開學起，櫛田就會像這樣定期邀請堀北出去玩。稍微回應她一下不就好了——會這麼想的，也是旁觀者擅自的解讀嗎？然而，誰也沒辦法否定堀北希望獨自一人的這件事。

「這樣啊……那我下次再邀請妳喔。」

「等等，櫛田同學。」

堀北很難得叫住了櫛田。她該不會終於敗給了櫛田的邀請？

「不要再來邀我了，我覺得很困擾。」

她冷淡地對應道。

然而，櫛田卻沒有露出寂寞的表情，維持笑容地這麼說：

「我會再邀妳的。」

接著櫛田一如往常跑到朋友的身邊，並成群結隊地出去走廊。

「桔梗，不要再去邀堀北同學了啦。我討厭那個人——」

就在教室的門快要關上的時候，我隱隱約約聽見女生這麼說的聲音。

在我身旁的堀北應該也聽得到這席話，只是她看起來一點也不介意。

「不會就連你也要說些多餘的話吧？」

「嗯，我自認還滿了解妳的個性。我就算講了也沒用吧。」

「那我就稍微放心了。」

堀北準備好要回家後，便以自己的步調走出教室。

我待在教室裡發呆了一下，但馬上就覺得膩了，離開了座位。還是回去好了。

「綾小路同學，可以打擾一下嗎？」

當我穿越還留在教室的平田那群人時，平田叫住了我。我向他小聲回答了「沒問題」。會被平田搭話也算很難得。

「關於堀北同學的事情，能不能請你想點辦法呢？因為她總是一個人，女生那邊稍微有意見了。」

也就是說，連櫛田那群人以外的人，也開始對堀北敬而遠之了。

「你可以請她稍微和班上的同學打好關係嗎？」

「這不是她個人的自由嗎？而且，堀北並沒有帶給任何人麻煩。」

「我當然了解。但是，也有很多人替她擔心呢。我可是絕對不會放任班上發生霸凌的。」

霸凌？雖然我覺得有點離題，但說不定真的已經有這種舉動和徵兆了。是因為這樣平田才會來警告我嗎？平田以率直的眼神看向我。

「與其讓我去講，不如平田你直接告訴她，這樣還會比較好喔。」

「……也是呢。對不起，對你說了些奇怪的話。」

堀北在班上一天比一天還更加孤獨。只要再過一個月，她就會完全是班上的異類了。

當然，這是堀北個人的問題。並不是我該插手的。

1

我出了學校，直接走向宿舍。那裡卻出現了本來應該已經跟朋友出去的櫛田。她靠著牆壁，好像在等著誰。櫛田一注意到我，就露出了跟平常一樣的笑容。

「太好了，我正在等綾小路同學呢。我有些話想要對你說，可以打擾一下嗎？」

「是可以啦……」

該不會是告白……這種發展，大概只有百分之一左右的機率。

「我就坦白地問嘍。綾小路同學，你有沒有看過堀北同學的笑容呢？」

「咦？不……沒有印象。」

看來櫛田又是為了堀北的事才找我說話。接著，我試著再回想了一下，真的沒印象看過她笑。櫛田握著我的手，使勁地拉近我們之間的距離。是花香嗎？讓人感到非常舒服的香味，刺激著我的鼻腔。

「我呀……很想成為堀北同學的朋友。」

「妳的心意已經充分傳達出去了喔。因為一開始好像有許多人來找堀北攀談，但是直到現在

都還繼續這麼做的，就只有櫛田妳一個人。」

「綾小路同學對堀北同學的觀察還真是仔細呢。」

「與其說是觀察，不如說因為我就坐在隔壁，所以不管怎樣都會得到消息。」

從入學當天開始，女生們就積極地建立著小團體。女生比起男生，似乎在像是派系、地盤方面的意識更為強烈。即使在這個大約二十名女生的班級，也形成了四個左右的勢力。雖然多數之間都相處良好，卻在某些地方互相牽制。

然而，其中的例外，就是現在眼前的櫛田。她不管到哪團都吃得開，不僅如此，甚至開始成了超級人氣王。櫛田對堀北始終態度溫和，為了和她成為朋友，也持續著鍥而不捨的行動。這種事一般學生想做也做不到。也許正因為這點，她才會深受大家景仰吧。

再加上她也很可愛。

附帶的東西最有魅力——這在世上的商品中也是很常見的模式吧。

「妳被堀北警告過了吧，下次可不知道會被她怎麼說喔。」

我知道那傢伙不是講話會拐彎抹角的類型。弄得不好，說不定她還會說出更嚴苛的話。老實說，我很不想看見櫛田因此而受傷害。

「你……能不能協助我呢？」

「嗯……」

我沒有立即回答。一般要是被這麼可愛的女孩子拜託，馬上就會答應了。但身為避事主義的我無法積極，而且，我也不想看見櫛田被堀北無情的話語所傷害。這裡我還是狠下心來拒絕吧。

「雖然我很明白櫛田妳的心情……」

「不行……嗎？」

可愛＋拜託＋眼神往上注視＝致命。

「……真是沒辦法啊。就只有這次喔。」

「真的？綾小路同學，謝謝你！」

櫛田聽見我願意幫忙，打從心底開心似的笑了。

……好可愛。可愛到我差點就忍不住說溜嘴請她馬上和我交往。但是避事主義的我，不可能做出這種亂來的事情。

「所以，具體來說我該怎麼做？就算嘴上說想和她成為朋友，但是實際上並不容易喔。」

該以什麼標準來定義對方是否為朋友？這是我也回答不出來的困難問題。

「這個嘛……先以看見堀北同學在笑的模樣做為第一步呢？」

「在笑的模樣呀。」

展現笑容的行為，是只有稍微對人放鬆警戒才做得出來的事情。

能發展到那樣的關係，想必應該就能稱為朋友。

著眼於「看見笑容」這部分的櫛田，說不定相當了解人心。

「有沒有能讓她笑的點子呢？」

「這個嘛……我打算接下來再和綾小路同學你一起想耶。」

櫛田很不好意思似的「欸嘿」一聲，輕輕用拳頭敲了自己的頭。

要是醜女這麼做，我一定扁她一頓。不過如果是櫛田的話，我會給她很高的分數。

「笑容啊……」

因為櫛田突如其來的請求，於是我加入了幫忙她看見堀北笑容的作戰。不過這種事真的有可能辦到嗎？我深感懷疑。

「總之放學後先把堀北邀出來吧。因為她要是回去宿舍的話就無計可施了。有沒有希望約在哪裡見面？」

「啊，那麼帕雷特怎麼樣呢？我很常去帕雷特，堀北同學應該無意間也聽過這件事吧？」

印象中帕雷特是學校裡數一數二的人氣咖啡廳。

櫛田確實放學後經常跟其他女生說要一起去帕雷特。

連我都聽過這種事，堀北應該也不知不覺記住了吧。

「你們兩個進去帕雷特點餐，在這之後突然巧遇。這樣子好嗎？」

「不，我想想……這樣說不定有點太小看她了。能拜託妳的朋友也一起幫忙嗎？」

說不定堀北在發現櫛田的瞬間，就會回去了。最好能安排一個讓她難以離席的情景。我立刻將想到的點子說給櫛田聽。

「哦～如果這樣的確很自然喔！綾小路同學的頭腦真好！」

櫛田一邊「嗯嗯嗯」地點了好幾次頭，眼睛一邊閃閃發亮地聽著。

「這跟頭腦沒什麼關係吧？總之，就像這樣的感覺。」

「我了解了。真是期待耶！」

不，妳這麼期待我也很困擾。

「連櫛田妳都吃了閉門羹，讓我邀請堀北，也不曉得她究竟會不會來。」

「沒問題。因為我覺得堀北同學很信任你。」

「妳為什麼會這麼想？拿出證據來呀，證據。」

「嗯——總覺得吧？但是至少你應該比班上任何人都還受堀北同學信任喔。」

這只是因為沒有其他更適合的人選吧。

「我會和堀北說起話，應該說只是出於偶然吧。」

碰巧在公車上邂逅、碰巧座位就在隔壁。

要是少了任何一方，說不定彼此連交談的機會都沒有。

「人與人的相遇，不都幾乎是出於偶然嗎？而這份偶然，將會使人成為朋友、成為摯友……

甚至也會逐漸發展成情人、家人喔。」

「……原來如此。」

這麼說來，或許真的就是如此。能像這樣和櫛田說話，也算是種偶然呢。

也就是說，我最後也可能會和櫛田發展成戀人關係。

2

終於來到放學時間。學生們為了享受各自的放學生活，彼此討論著要去哪裡。另一方面，我則是與櫛田互相使了眼色，彼此確認作戰開始。

做為目標的堀北，像平常一樣一個人默默開始準備回家。

「喂，堀北。今天放學後有空嗎？」

「我沒時間能拿來浪費呢。我還得回宿舍做明天的準備。」

雖然我認為所謂明天的準備，其實也只有來學校而已。

「我希望妳能陪我一下。」

「……你有什麼目的？」

「我的邀約感覺就好像別有企圖嗎？」

「突然被邀約的話，感到懷疑不是很自然的過程嗎？不過如果有具體的事情，聽你說說倒也無妨。」

那種事情當然沒有。

「學校裡不是有咖啡廳嗎？裡頭有很多女孩子。我沒有勇氣一個人過去。那裡不是有種禁止男生的感覺嗎？」

「雖然女生的比例確實比較高沒有錯，不過應該也有男生會去吧？」

「也是啦。但沒有男生會一個人去不是嗎？一般都會跟女生朋友，或者以男友身分去。我認為會去的就只有那類人。」

堀北像是在回想帕雷特的情景，稍微做出了思考的動作。

「似乎確實如此呢。難得你的見解頗有一番道理。」

「可是我滿有興趣的，所以才在想妳能不能陪我去。」

「而這當然是因為……你根本沒其他對象能邀請吧？」

「妳的說法讓我有點不舒服，不過就是這麼回事。」

「如果我拒絕呢？」

「那也只能這樣了。我只好放棄。我也無法強迫妳把私人時間借給我。」

「……我知道了。只有男生不好進去那種店，這話看來確實也是真的。我沒辦法待太久，這樣也沒關係嗎？」

「沒關係，馬上就會結束。」

大概吧——我在心裡加上了這句話。要是讓堀北知道這件事與櫛田有關聯，我一定會被強烈譴責吧。

這麼做與其說是因為能和櫛田說上話，不如說或許我也開始覺得，如果堀北至少能交到個朋友就好了。

雖然這麼說，不過，不論說明會也好、咖啡廳也好，堀北就算一邊吹毛求疵也還是會陪我去。這樣也沒辦法交到朋友，實在是不可思議。

我們兩個人立刻往目的地出發，抵達校舍一樓的咖啡廳帕雷特。

為了享受放學時間，女生們接連不斷地聚集而來。

「人真多呢。」

「堀北也是第一次放學後過來？啊，對耶，因為妳沒朋友嘛。」

「那是在挖苦嗎？你的行為真像小孩子呢。」

說得沒錯，我確實是在挖苦。不過看來堀北果然不吃這一套。

我們兩個點完餐，拿了飲料。而我還點了一份鬆餅。

「你喜歡吃甜的？」

「只是很想吃這個而已啦。」

我對蛋糕類既不喜歡也不討厭，不過也藉此製造了看似正當的理由。

「不過沒有空位呢。」

「稍微等一下吧。啊，呃，那裡好像有人要離開了。」

看見女生們迅速從雙人座位站起，我便快步走過去確保位子。我讓堀北過去坐在內側的位子。接著，將書包放在腳邊坐下之後，就假裝沒事地環顧左右。

「好像有點那個耶。在旁人的眼光看來，我們……應該不像是情侶吧。」

堀北的臉與其說是沒表情，不如說感覺有點冷漠。在這種雜沓之中，我沒辦法平靜下來，加上一想像接下來將發生什麼事，就讓我胃痛。

走吧。隔壁的兩名女生隨著這句話，便手拿起飲料離開了座位。

座位接著馬上就被新的客人——櫛田給補上。

「啊，堀北同學，真巧耶！而且綾小路同學也在這裡！」

「……嗨。」

櫛田徹底地假裝這是巧遇，輕輕打了招呼。堀北瞇著眼看了櫛田之後，再慢慢看向我。當然這是和櫛田事先串通好的。先請櫛田的朋友預先占好四個座位。我到帕雷特後，再用眼神暗示空

出兩個位子。不久，再將隔壁桌的兩個位子空出，並讓櫛田坐進來。

這樣就只會看起來像是偶然的邂逅。

「綾小路同學和堀北同學，你們也一起來這裡呀？」

「算是碰巧吧。倒是妳只有一個人嗎？」

「嗯，今天有點事——」

「我要回去了。」

「喂……喂！我們才剛坐下而已吧。」

「有櫛田同學在的話，就不需要我了吧？」

「不，不是這種問題吧。我跟櫛田也只是同學而已。」

「我和你的關係也一樣。況且……」

堀北以冰冷的眼神看了我和櫛田一眼。

「真是讓人不高興呢。你們到底想做什麼？」

這些發言就像是看穿了我們的作戰，但也有可能只是想套話。

「討……討厭啦，我們只是碰巧遇見的呀？」

可以的話，我還真希望櫛田能不要說出這種話。

假裝沒發現堀北的誘導，並回答「什麼意思？」，才是正確答案。

「在我們入座前，這個座位的兩個人同樣都是D班的女生。而且，隔壁桌的兩個人也是。這純粹是巧合嗎？」

「妳還真清楚耶，我都沒有發現。」

「而且，放學後我們完全沒繞路去別地方，而是直接就到了這裡喔。她們就算再怎麼趕，也頂多只到了一兩分鐘，回去的話也太快了。我有說錯嗎？」

看來堀北的觀察力比我想像中還強。

不僅記住了班級成員，連座位狀況都確實掌握了。

「呃……」

不知所措的櫛田，不禁向我發出了求救信號。

而堀北是不會看漏這點的。再這樣隱瞞下去，也只會徒增她的不滿。

「堀北，抱歉。我在事前稍微做了一些安排。」

「我想也是。我從一開始就覺得有點奇怪了。」

「堀北同學，請和我成為朋友吧！」

事到如今櫛田已不再遮掩，正面切入重點。

「我想我已經說了好幾次，希望妳別管我。我也沒打算給班上帶來麻煩，這樣不行嗎？」

「……孤零零的學生生活也太寂寞了。我想和班上的大家變得要好。」

「我並不打算否定妳想做的事。但是，妳把其他人也捲進去是不對的。因為我並不覺得一個人很寂寞。」

「可、可是……」

「況且，假設我們勉強成為朋友，妳覺得我會開心嗎？妳認為這種強求而來的關係，能產生出友誼或信任嗎？」

堀北的話一點也沒錯。她不是交不到朋友，而是認為沒有必要交。櫛田一心一意的直率想法，沒能影響到堀北。

「至今為止沒有好好說清楚，我也有疏失，所以這次的事情我不會責備妳。但是如果下次妳還做出同樣的事，到時我就不會客氣了。好好記住。」

如此說完，她就拿起裝著連一口都還沒喝的拿鐵朴，站了起來。

「我無論如何都想和堀北同學成為朋友。我總有種我們好像不是初次見面的感覺——我在想，如果堀北同學能和我有相同的感覺就好了。」

「再說下去只是浪費時間。對我來說，妳所有的發言都令人很不愉快。」

堀北的語氣稍微變得嚴厲，不客氣地把話打斷。櫛田不由得把話吞回去。

正因為我協助了櫛田，本來完全沒打算插嘴。但是——

「堀北，我似乎也不是不能理解妳的想法。朋友的存在意義為何？是否真的有必要交朋友？

——這類問題我也不只想過一兩次。」

「你說這種話?你從入學第一天就一直在尋求朋友了吧。」

「這我不否認。可是,至少到國中畢業為止,我跟妳都是同一類人。因為我在進入這間學校以前沒交過半個朋友。不僅不知道任何人的連絡方式,放學後也沒有跟別人出去玩過。是一個徹底孤單的人。」

櫛田一時之間無法相信,表現得很吃驚。

「我想,或許我會無意間跟妳聊起來,也是受到這部分的影響。」

「這件事我還是第一次聽說。假設我們有這種共通點,但是這之間的過程,不也完全不同嗎?你是想要朋友但交不到,我是不需要朋友所以才不交。簡單來說,這是似是而非。不是嗎?」

「……也許吧。可是說櫛田讓妳感到不愉快,也說得太過火了。這樣真的好嗎?就這樣選擇不跟半個人當朋友,代表妳三年都要孤單一人。這樣會相當痛苦喔。」

「這已經持續了九年,所以沒關係。啊,稍微修正一下。如果包含幼稚園的話,那還更久呢。」

她是不是爽快地說出了不得了的事情?換句話說,這傢伙從懂事以來就一直都是一個人度過的。

「我可以回去了嗎？」

堀北深深嘆了口氣，並直視櫛田的雙眼。

「櫛田同學，妳只要別硬纏著我，我就什麼也不會說。我向妳保證。妳也不是笨蛋，所以能理解這些話的意思吧？」

「那就這樣。」堀北說出這句話，就離開店裡。吵鬧的咖啡廳裡，只有我和櫛田被留了下來。

「失敗了啊……我本來想掩護妳，但還是沒辦法。那傢伙太習慣孤獨了。」

咚。櫛田無言地坐了下來。然而下個瞬間，她對我露出了一如往常的笑容。

「不，綾小路同學，謝謝你。雖然我的確沒跟她成為朋友……但是我也因此明白了重要的事情。這樣就夠了。不過真抱歉，因為我的關係，讓你幫忙做出好像會被堀北同學討厭的事情。」

「別在意。反正我自己也想讓堀北了解擁有朋友的好處。」

兩個人占著四人座位也會對周遭造成困擾，總之我先往櫛田那桌的位子移動。

「話說回來，我還真是驚訝耶。綾小路同學過去真的沒有朋友嗎？我完全看不出來。綾小路同學，你過去為什麼會孤單一人呢？」

「嗯？對啊，是真的。須藤跟池他們是我第一次交到的朋友。我現在也還不太清楚，到底是自己的問題，還是環境的問題。」

「交到朋友果然很高興對吧？還是很快樂？」

「是啊。雖然也會覺得麻煩，但是開心的時候還是占多數。」

櫛田眼睛閃閃發亮地露出笑容，並且點點了頭。

「不過堀北也有她自己的想法及目的。應該也只能在這裡放棄了。」

「是……這樣嗎？已經沒辦法再成為朋友了嗎？」

「為什麼要這麼拚命啊？妳比誰都還交了更多朋友吧？不過就少了個堀北，沒必要這麼鑽牛角尖吧？」

和全班同學變得要好這件事，是需要如此拚命的事嗎？

「因為我打算任何人都好好相處……正因為這樣，對象不只是D班的同學，也包括了別班的學生。可是，如果我連跟班上的一個女生都無法打好關係，那這樣的目標就無法達成了呢……」

「我想這只是因為堀北比較特殊。接下來，妳也只能期待一次真正的偶然降臨。」

並非經由事先計畫，而是發生後能夠連結兩人的那種事件。

或許在那個時候，成為朋友的契機就會真正造訪。

「呀哈哈哈哈哈！笨蛋，你那個太好笑了吧！」

現在是第二堂的數學課。今天池依舊在課堂上大聲談笑。他的聊天對象是山內。開學以來的三個星期，池、山內這兩個人再加上須藤，在暗地裡被稱作笨蛋三人組。

「喂喂喂，要不要去卡拉ＯＫ？」「我要去我要去～」

附近的女生團體，則早就在熱烈討論放學後的規畫。

「明明煩惱這麼久，但是要打成一片，還真的是一瞬間的事情呢。」

「綾小路同學你不是也增加了很多朋友嗎？」

堀北交替看著黑板與筆記本，一邊抄寫，一邊如此對我說。

「有漸漸在增加吧。」

剛開始我很不安，但是以跟須藤在超商的那件事、社團說明會，以及泳池內的互動做為契機，我和池、山內他們的交情，也到了偶爾會一起吃飯的程度。

縱使我們離摯友還有好一段差距，但回過神來，就已經發展到能稱做是朋友的關係。

人際關係就是如此不可思議。我現在也不太清楚，我們究竟是何時成為朋友的。

「早──」

在課堂大概進入後半段的時候，教室入口伴隨噪音被打了開來。來到教室的人是須藤。他完全不在意課堂還正在進行，就一面很睏地打著哈欠，坐到了座位上。

「須藤，你太晚來吧。啊，你會一起去吃午餐對吧？」

池在遠處向須藤搭話。數學老師不但沒有勸說，甚至完全不看須藤一眼地繼續上課。一般來說，這時候感覺會有一根粉筆飛過來。然而，該說這是放任主義嗎？很不可思議的是，不論私下講話、遲到或者打瞌睡，每個科目的老師都默許了。班上一開始表現得很客氣的那些人，現在也都過得逍遙自在。

雖然也是有極少數學生，像堀北那樣一直很認真在學習。

我的口袋震了一下，手機收到了通知。班上部分男生所創的聊天群組傳來了訊息。看來中午要約在學生餐廳一起吃飯。

「喂，堀北。中午要不要一起吃飯？」

「我就不用了。因為你們那群人很低俗。」

「……這我無法否認。」

男生們大致上盡是聊些女生的話題或者下流哏。像是誰很可愛，或是誰跟誰在交往、進展到

哪裡等。讓女生參與其中說不定不太適當。

「唔耶……真的假的，已經交到女朋友了嗎？好厲害啊。」

根據池他們的消息，平田似乎已經跟班上的輕井澤在一起了。我尋找了一下輕井澤的身影，便看見她坐在遠處明顯向平田傳遞著充滿愛意的視線。

說到對輕井澤的印象，該怎麼講呢？她也不是不可愛，只是好像有種難以讓戀愛新手接近的氣質。簡單說，她就是那種很積極的辣妹系女生。

她在國中時期，想必也吃遍了像平田這樣的帥哥了吧。雖然這是我擅自的想像，不過應該不會錯得太離譜。哎呀，不小心就說出了惡毒的話，這就算被說是毀謗也不奇怪。這對輕井澤實在太失禮了。我在心中向她致歉。

「你那表情還真討厭呢。」

堀北對我投以冰冷視線。看來我的下流想法好像被看穿了。

到底要經過怎樣的步驟，才能在開學後馬上就成為情侶呢？我明明連交朋友都費盡功夫了。

乾脆直接對堀北說「我們也來交往吧？」——不過這樣我一定會被她痛毆呢。

況且，如果要交女朋友的話，我還是比較喜歡更賢淑、更溫柔的女孩子。

1

第三堂是班導茶柱老師的社會課。茶柱老師來到了就算打鐘後也依然鬧哄哄的教室。即使老師來了，情緒高昂的學生們也絲毫沒有收斂。

「給我安靜一點——今天我需要你們稍微認真上課。」

「怎麼回事呀——？小佐枝老師。」

部分學生已經開始以那種親暱稱呼來叫老師了。

「因為月底到了，要進行小考。往後面傳。」

老師將考卷發給坐在第一排的學生。不久，我的座位也傳來了一張考卷。上面列了五個主科的題目，每科各自有幾小題，確實是個小考。

「咦～我沒聽說過要考試啊～真是狡猾～」

「別這麼說。這次的考試只會作為今後的參考，不會反映在成績單上面。不會有風險，所以放心吧。不過，當然也是嚴格禁止作弊喔。」

我對於這段彷彿話中有話的說法有些在意。一般來說成績只會影響成績單。然而，茶柱老師

所說的話卻有點不同。所謂不會反映「在」成績單上，好像就讓人覺得——那會反映在成績單以外的事物。

不過……應該是我想太多了。既然不會影響到成績單，就沒必要這麼戒備了吧。

突如其來的小考開始進行。我將考題看過一遍。每科各四題，總共二十題，而各題五分，滿分一百。不過，題目都幾乎簡單到令人掃興。

題目比入學考試的程度還要低了兩個級別。再怎麼說，這也太簡單了吧？

我一面這麼想，一面將考卷看到最後，結果發現最後三個左右的題目，有著懸殊的難度。數學最後的題目，如果不列出複雜的算式根本無法解出答案。

「呃……這題的困難度真的很高……」

看不出來這是高中一年級能解出來的程度。最後三題的性質顯然非常不同，甚至會讓人認為這是不是不小心放錯了。

明明也不會影響成績，這個考試究竟在測量什麼？

算了，我就和入學考試時同樣那麼做好了。

茶柱老師打算姑且大略監考的樣子。她一邊慢慢地巡視教室，一邊監視學生有沒有作弊。

我在不會被當成作弊的程度之下，偷偷地看了堀北。她右手拿著原子筆，毫無猶豫地持續填入答案，看起來就好像能輕鬆取得滿分。

接著，直到下課鐘響為止，我都持續地在和考卷進行對峙。

2

「你啊……要是老實說的話，我就原諒你喔？」

「你要我老實說什麼啊？」

我吃完午餐，便與須藤他們一起坐在自動販賣機旁的走廊閒聊。

這時候，池冷不防地徐徐逼近我。

「……我們是朋友對吧？而且還是這三年都會同甘共苦的夥伴對吧？」

「是、是啊。是這樣沒錯。」

「當然……如果交了女朋友也會告訴我們吧？」

「啥？女朋友？這個嘛……如果我有交到的話。」

池將手臂勾在我的肩膀上。

「你沒有在和堀北交往吧？我可是絕不允許你搶先一步喔。」

「……啥啊？」

等到察覺時，山內跟須藤也正用懷疑的眼神看著我。

「笨蛋，我沒有在跟她交往啦。完全沒有。哎唷，真的啦。」

「因為你們今天又在課堂上偷偷摸摸地聊著什麼吧。是在聊一些不能告訴我們的事情對吧？像是約會、約會，以及約會之類的事情！啊啊啊……羨慕！」

「不可能不可能。說起來堀北也不是那種性格的人吧。」

「誰知道啊，我們也沒跟她說過話。就連她的名字，要是沒有從小櫛田那裡聽來，我們搞不好到現在都還不知道呢。與其說是她很沒存在感，不如說是太難親近了。」

「就算是這樣，連名字都不知道也太過分了吧。」

說起來也沒錯。我幾乎沒印象看過堀北跟我以及櫛田以外的人說過話。

「那綾小路你就記得全班同學的名字嗎？」

……我試著回想，結果連一半都想不出來。原來如此，我懂了。

「光看長相的話，她不是很可愛嗎？所以我才會注意她。」

「但是她的個性很苛薄啊。那種女人我沒辦法。」

山內他們點頭表示認同。

須藤喝著咖啡一邊如此說道。

「就是說呀，不知道該說她帶刺還是什麼才好。如果我要交，也想找那種更開朗，而且可以更自然進行對話的女孩子。當然也要很可愛。就像小櫛田那種的。」

池喜歡的人果然是櫛田。

「啊──好想跟小櫛田交往。不對，是好想跟她滾床單──」

山內喊道。

「笨蛋，你哪能跟小櫛田交往啊！就算是想像的也不准！」

「你就以為你可以跟她交往嗎，池？在我的心中，小櫛田早就已經睡在我的身邊了！」

「你說什麼！在我這裡，她不但Cosplay，而且還擺出了相當不得了的姿勢喔！」

他們兩個在互相爭奪幻想中的櫛田。喂喂喂，雖然要想像什麼都是高中生的自由，但這也對櫛田太沒禮貌了吧。

「須藤，你的目標是誰？聽說籃球社也有可愛的女孩喔！」

「啊？我還沒找到啦。新進社員可沒有什麼閒功夫去評鑑女人。」

「真的假的……總而言之，要是交到了女朋友，不可隱瞞而且得據實告知！知道了嗎！一定要喔！」

「喔、喔喔。」

他不斷地叮囑到讓人很煩，於是我便姑且點頭表示答應。說到女朋友，我就想起了關於平田的事情。

「話說回來，聽說輕井澤變成平田的女朋友了？」

「啊～對啊。聽說前幾天，本堂看見他們兩個手牽著手走路。」

「肩並肩地走路，肯定是在一起了沒錯。」

「他們應該果然那個過了吧。已經做過了吧。」

「一定有吧——啊～好羨慕，真是太羨慕了……！」

才高中生就有性行為，這種脫離現實的感覺到底是什麼呢？不過，他們應該真的做過了吧。

……不知不覺就這麼想的我，跟這些傢伙也是同類。

「真想聽有做過的人談談他的經驗啊……」

山內在走廊臥躺，將本能完全傾吐出來。

「去問平田就可以了吧。」

「你啊，你覺得問平田，他就會老實把內容說出來嗎？像是胸部感覺起來怎麼樣啦，是不是處女啦，還有……是不是果然舔過那個了？——像這類的事情。」

你打算問出怎樣的經驗談啊……

我為了去買點飲料，而走向附近的自動販賣機。山內於是對我這麼要求。

「我要可可——」

「不要敲詐別人啦。飲料而已自己去買啦。」

「哎唷，我已經剩下沒多少點數了嘛。剩兩千左右。」

「……你三個星期就用掉九萬點以上了嗎？」

「買了想要的東西，不知不覺就……你看這個，很厲害吧！」

山內如此說道，並拿出了掌上型遊戲機。

「我和池一起去買的。這可是PS VITA喔。學校會賣這種東西，真的是太厲害了吧。」

「那個花了多少啊？」

「應該是兩萬多吧。再加上林林總總的配件，差不多兩萬五。」

這樣點數很快就會花完了呢。

「我平常不太玩遊戲。不過，在宿舍生活馬上就能召集到夥伴了呢。而且，班上不是有個叫做宮本的傢伙嗎？那傢伙對電動很拿手呢。」

說到宮本，他在班上算是個體型胖胖的男學生。我雖然沒有直接和他說過話，但有印象他總是在跟別人談論著遊戲或動畫的話題。

「你也買一台來參戰吧。須藤也說好下個月點數進來的話要去買。」

我周圍的這些人似乎都已經參與了。山內表示凡事都要嘗試過才知道，並將遊戲機遞過來。

我一接過遊戲機，就發現它比想像中還輕很多。我將視線落在螢幕上，看見一名揹著大刀的戰士，正在撫摸村莊裡的豬隻。真是搞不太懂這個世界觀呢……

「老實說我沒什麼興趣。這是……那個嗎？戰鬥遊戲嗎？」

「你不會連Hunter Watch也不知道吧？它在全球可是累積了四百八十萬片以上的銷售量喔！我從小就有超群的遊戲天分，甚至還被國外挖角過呢。雖然那時候我拒絕了。」

你就算隨便講些什麼世界規模，也跟厲不厲害是兩回事吧。世界上有高達七十億人口，也就是說，買了這個遊戲的人連百分之零點一都不到。

「說起來，為什麼這種看起來好像很纖弱的女孩子穿得了重裝啊。她的護具是塑膠製的嗎？如果這是鐵製，就算是須藤的體格，看來也會穿得很辛苦喔。」

「……綾小路，你不要對遊戲追求現實要素啦。你是外國人喔？而且會講那種話的傢伙，根本就對自動回復生命值非常寬容喔！那種中了滿身子彈，躲起來就會立刻回復體力的西洋遊戲，才叫做不現實。」

我完全無法理解山內在說什麼。

「俗話說百聞不如一見對吧？你也買來一起玩玩看吧。好不好？好不好？我會幫忙在你新手期的時候蒐集材料。採集蜂蜜也很辛苦喔。所以，請我喝可可～」

「真是的……」

雖然我並不需要蜂蜜，但再被糾纏下去也很麻煩，所以我就買了可可給他。

「朋友果然是不可或缺的呢！謝啦！」

真不希望你在這種地方感受到友情。我將可可拋了過去，山內則用腹部接住它。

那麼，我要喝什麼好呢？我一邊猶豫，一邊滑動著手指，結果忽然察覺到一件事。

「這裡也有啊。」

就只有礦泉水有免費按鈕可以按。

「怎麼了？」

「啊，沒事。我記得學生餐廳裡也有能免費吃的套餐吧？」

「好像是那個叫山蔬套餐的吧？啊——討厭討厭，真不想過吃草喝水之類的生活——」

山內喝著可可，一邊格格笑著。

點數若是用光，也只能靠山蔬套餐或水這種免費物資來過活了。

但是這種情況只要小心一點就能避免。不過，像山內這種不顧後果的使用，就另當別論了。

「……喂，吃山蔬套餐的人還滿多的呢。」

我經常去學生餐廳，回想起有許多學生都在吃免費的山蔬套餐。

「不是因為他們喜歡吃嗎？是那個啦，因為是月底了吧？」

「是這樣就好了呢。」

儘管感到一絲不安，我為了喝牛奶還是按下按鈕。而它便理所當然般地滾落至取出口。

「啊——下個月快點來，我還想繼續過夢幻般的生活！」

山內他們不停地笑著，一邊如此喊道。

3

『今天要和小櫛田他們出去玩，你要不要去？』

下午的課堂裡，當我隨意地在抄寫黑板上的筆記，手機突然收到了信件。

喔……這就是所謂學生生活以及青春吧。我第一次收到放學後跟朋友出去玩的邀約。雖然沒想到特別想拒絕的理由，但我暫且還是問了一下有誰會參加。

要是有很多不認識的人，那不是很討厭嗎？總覺得會不自在。

信件馬上就回覆過來了。有池跟山內的名字以及櫛田，再包含我共有四個人。並沒有特別奇怪的人物。這樣的話就沒關係了吧。我回覆答應，然後信件又傳了過來。

『小櫛田就由我來攻略，所以絕對不要妨礙我！ｂｙ池大人』

『不對不對，小櫛田可是我的目標，你才別妨礙我。ｂｙ山內』

『啥？就憑你也想攻陷小櫛田？你是在找架吵嗎？』

好好相處不就好了，他們兩個卻在信件上開始互相爭奪櫛田。

我則是既期待放學，卻也開始覺得有點麻煩了。

課堂一結束，我就緊跟著池和山內往學校外面走。

校區總而言之就是很廣闊。入學以來到現在的這陣子，我幾乎都還對校內不了解。

「明明就同班，櫛田沒有一起過來啊。」

「她說有些話要跟別班的朋友說。小櫛田是大紅人嘛。」

「該不會是……男、男生朋友吧？」

「放心吧，池。我已經確認完畢了。對方是女孩子。」

「那就好、那就好。」

「你們是認真想追櫛田嗎？」

「這不是當然嗎？而且老實說她是我的真命天女。」

山內似乎也抱持相同意見，頻頻點頭表示認同。

「你的話就是那個堀北嘛。雖然我承認她是個美女。」

「不，我跟她沒什麼。真的。」

「真的嗎？在課堂上偷偷眉來眼去，若無其事地互相碰觸指尖——你應該沒有做出像這種既酸甜又讓人火大的事情吧？」

正當池不斷地逼近我，我們話題中心的那名女學生就跑了過來。

「抱歉我來晚了。讓你們久等了！」

「唔喔喔，小櫛田，我等妳很久了呢！……話說回來，為什麼平田他們也在啊！」

跳起來的池，在下個瞬間往後退了幾步，並猛跌了一跤。真是個忙碌的傢伙。

「啊，我在路上遇見他們，想說難得所以就邀一下了。不可以嗎？」

櫛田把平田及（被認為是）平田女友的輕井澤，還有兩名女生帶了過來。她們是經常和輕井澤結伴同行的松下以及森。

「喂，就沒有什麼辦法把平田趕走嗎！」

池用手臂環著我的脖子，如此對我悄悄說道。

「也沒有必要把他趕走吧。」

「有那種帥哥在的話，我的存在感不就會變得薄弱嗎！要是發生小櫛田喜歡上平田的這種不幸事件該怎麼辦啊！要不讓帥哥跟可愛女孩在一起，也就只能阻止事件發生，別無他法！」

「不，我可不知道……而且平田在跟輕井澤交往吧？別擔心啦。」

「我說你啊。因為女朋友在所以就沒關係——這根本就沒有任何保證。如果把輕井澤那種二手的骯髒辣妹，拿來跟可愛天使小櫛田相比，不管是誰都會選小櫛田吧！」

池以口水噴進我耳朵裡的氣勢重複著激烈的辯論。我覺得有點噁心。話說回來，真虧他能在她本人就在旁邊時說出這種粗俗的話。

輕井澤的確是辣妹風格，皮膚也有稍微曬黑，不過十分可愛。

「但是啊，池……那麼可愛的小櫛田，也沒辦法保證就是處女耶……」

山內以不安、有氣無力的聲音，參與了我們的悄悄話。

「唔，那是……那個……雖然是這樣沒錯……不、不對，小櫛田不可能會是二手貨！」

這該說是歧視女性嗎？他們持續進行著任性的男性妄想。可以的話，能不能請你們去我不在的地方講呢？

「那個……如果我們會打擾到你們的話，就分開行動吧？」

平田很客氣地向池他們搭話。他好像有點在意我們的竊竊私語。

「沒、沒什麼關係啊？對吧，山內？」

「喔、喔喔，一起玩吧。熱鬧一點也比較開心。對吧，池？」

對他們兩個來說，一定很想說出「別礙事！」並把他給趕出去。然而，要是隨便就做出這種事情，說不定也會降低櫛田的好感度。而究竟有沒有足以下降的好感度就是另一回事了。

「話說，這是當然的吧？為什麼我們就非得看這三個人的臉色啊？」

輕井澤的意見是正確的。但是她把我也算了進去，讓我很受打擊。

「現在就是『那個』了吧——凡事都有一體兩面。如果不算平田跟輕井澤的話，男女的比例就是相同的。換句話說，這就像是聯誼，或者三對情侶的約會，對吧？綾小路，你也有機會

喔。」

「山內的話，配松下就可以了吧。因為我要跟小櫛田說話。」

「你這傢伙……別開玩笑了。小櫛田從以前開始就是我的目標了！我們就像是過去在巨大櫻花樹下互相誓言要結婚的青梅竹馬！這是命運的重逢啊！」

「你騙人！我從之前開始就覺得你老是在說謊了！」

「啥？我說的話全部都是真的啊！」

如果完全相信他所說的，那麼山內春樹——自小玩遊戲本領超群，被國外職業組挖角過，國小時曾進軍全國桌球賽，國中時期成為棒球隊的王牌，甚至被預測將成為職業選手——是名難以想像、處於頂尖的男人。

事實上卻拿不出任何能證明的證據。

我雖然不知道隊伍要往哪裡走，但還是悄悄地跟在後面。

本以為池跟山內會不顧一切地跟著櫛田，沒想到卻從左右兩側包圍了平田。

「我就直截了當地問了。平田，你是不是在跟輕井澤交往？」

池為了確認平田是敵是友，便單刀直入問道。

「咦……那件事，你是從哪裡聽來的？」

平田似乎有點被嚇到，露出慌張的模樣。

「看吧。看來我們兩個正在交往的事，果然還是被發現了喲！」

被詢問的平田，在回答是或否之前，就被輕井澤緊緊抱住手臂。

平田露出像是敗給她的模樣，用食指搔搔臉頰，承認了他們正在交往的事實。

「真的假的——！能跟輕井澤這種可愛的女孩交往，我真是超羨慕你耶。」

山內一副打從心底羨慕似的說出這種言不由衷的話。將謊言說得讓人不認為是謊言，看似簡單卻意外困難。

「那小櫛田有男朋友嗎？」

順著這個感覺，池毫不猶豫地將話題切換到櫛田身上。這還真是高招……嗎？

「我嗎？很可惜沒有耶。」

池和山內在心中暗自竊喜！——豈止如此，他們兩個人都憋不太住笑意，臉上正不斷地流露出喜悅。雖然說不定也有可能是她隱瞞交了男朋友的事實，不過，大致上還是確定櫛田是單身了。我也有點開心。

「糟糕，我的眼淚……！」

「山內，別哭！我們現在好不容易才站在了山頂的面前！」

登上那座高山的路程，想必是無止盡的漫長，也出奇地險峻吧……

平田和輕井澤兩人走在一起，池和山內則是露骨地包圍著櫛田往前走。松下和森這兩人跟在

他們後面，應該覺得很無聊吧。而我則跟在更後面一個人走著。

「喂，池，我們要去哪裡？」

我為了詢問目的地而叫住池。他不耐煩地回頭，冷淡回答道。

「我們才入學沒多久對吧？所以要到處逛逛，看一看校區裡的設施。」

沒有明確的目的地。也就是說，這種有點尷尬的感覺，會暫時持續下去嗎……

不過，這種不愉快的預測，卻被出乎意料的形式所翻轉。

「欸欸，松下同學、森同學。你們兩個人去看過哪些地方了呢？」

櫛田儘管和池、山內兩個人開心談笑，卻也向後面兩名女生拋出話題。

「咦？啊，嗯——我想想。我們去過一次電影院，對吧？」

「嗯，放學後我們兩個人去過。」

「這樣啊！我也覺得很想去，但還沒去過呢。輕井澤同學，你們約會有去什麼特別的地方嗎？」

櫛田為連結三個團體而開始行動了。真不愧是她。這種行為就算我拚了命也模仿不來。再加上，她偶爾也會對我莞爾一笑。這也讓我覺得很高興。

要是她多此一舉拋話題過來，我會覺得很麻煩。櫛田一面顧慮到我的性格以及想法，一面用眼神來表達她絕對不是無視我。如果櫛田不懂得看氣氛，只想當中心人物，是不會這麼做的吧。

比如說，也有這種——明明以不唱歌作為條件陪朋友去卡拉ＯＫ，可是又被要求「唱嘛」，倘若拒絕，還會被說「這傢伙搞什麼，不懂得看氣氛嗎？」，最後反過來生氣的人。

結果，自我中心的人就是有這種「在卡拉ＯＫ唱歌很開心＝大家應該都喜歡」的武斷愚蠢想法。他們不明白世上就是有那種打從心底討厭唱歌的傢伙。

正當我在心中如此臭罵時，四周被非常嘈雜的氣氛所籠罩。

看來他們在校區裡的服飾店停下了腳步……說得時髦一點就是時裝店。

大家都看似已經來過好幾次，毫不猶豫就往店裡走。我大致上平日都穿制服，假日也都窩在家裡，所以沒買便服呢。

店裡因為有許多學生而相當熱鬧，但卻幾乎沒有高年級生，多半都是一年級生的樣子。這該說是新生獨有的未經世故嗎？他們散發出了尚未熟悉環境的感覺。

平田的手上提著輕井澤買衣服的提袋。她花了三萬點左右。

接著我們稍微逛了衣服，然後走向附近的咖啡廳。

「大家都已經適應學校了嗎？」

「剛開始很不知所措，不過現在已經完全適應了。不如說，這裡太像夢幻國度了，我真是一輩子也不想畢業。」

「啊哈哈，感覺池同學很享受學校生活呢。」

「我的話，總覺得還想要更多點數。大概二十萬……三十萬點左右吧？買了化妝品跟衣服這類東西，點數幾乎都已經沒剩多少了。」

「高中生每個月零用錢高達三十萬的話，不是不太正常嗎？」

「說到這個，我認為就算是十萬也很多了。我覺得有點害怕呢，要是持續這種生活，畢業後不會覺得很困擾嗎？」

「你是指金錢觀會亂掉嗎？的確那樣也許會很可怕呢。」

看來不同的學生，對於發放的這十萬點所抱持的感覺完全不同。輕井澤跟池想要更多的點數，而平田跟櫛田則認為點數太多，並且害怕奢侈生活結束後的未來。

「綾小路同學怎麼想呢？覺得十萬點很多？還是很少？」

對於不加入話題，專門聆聽的我，櫛田拋來了話題。

「怎麼說呢……應該說還沒有真實感，我也搞不太懂。」

「什麼嘛。」

「我似乎能明白綾小路同學說的話。因為老實說這裡和一般的學校差太多了。彷彿有某種揮之不去的不踏實感。」

「像那種的事情就算在意也沒用啦。哎呀，能夠進這所學校真是太好了。我要痛快地把想要的東西買下來。事實上，昨天我不知不覺也買了新衣服呢。」

真是的，該說池很正面嗎？他好像很積極地在過生活。

「話說回來，先姑且不論小櫛田或平田，真虧池和輕井澤能夠成功入學耶。你們的腦袋絕對很差吧？」

「你的腦袋也看起來不是很好喔，山內。」

「啥？我以前在ＡＰＥＣ可是考了九百分。」

「ＡＰＥＣ是什麼啊？」

「你連這種事也不知道嗎？那是個非常困難的英文考試。」

「呃，那個大概不是ＡＰＥＣ，而是ＴＯＥＩＣ喔。」

櫛田溫柔地吐嘈。順帶一提，ＡＰＥＣ是亞洲太平洋經濟合作會議的意思。

「它、它們就像是親戚那樣的關係吧？」

我想它們跟家屬、親戚關係可是天差地遠……

「這間學校的方針說是為了培育有前途的年輕人，所以校方並不是只以考試成績來評價我們，不是嗎？事實上，如果這是一間只用學力偏差值來判斷的學校，那說不定我也不會報考了。」

「那句『有前途的年輕人』，還真是適合我耶。」

池雙臂抱胸，點頭表示認同。

儘管這是一間以升學、就業率為傲，日本首屈一指的高中，但是錄取與否的判斷基準，卻不光只是分數。

那麼，這間學校究竟在學生身上看見了哪種可能性呢？

我突然對這件事情感到疑惑。

宣告五月第一天上課的鐘聲響起。過不久，手中拿著海報筒的茶柱老師便走進了教室。她的表情比平常都還嚴肅。老師妳是月經沒來嗎？——要是開出這種玩笑，感覺就會被她拿金屬球棒朝臉部全力揮擊。

「老師，妳該不會是月經沒來吧——？」

沒想到池居然說出了這種話。我覺得跟他想法一致這點讓我大受打擊。

「接下來開始舉行朝會。不過在開始之前，你們有沒有想問的問題？假如有在意的事情，最好趁現在問喔。」

茶柱老師對池的性騷擾視若無睹，並說出這樣的話。她的口氣就像是很有把握學生會想問問題。而實際上有好幾名學生馬上就舉起了手。

「那個……我今天早上確認了一下，卻發現點數沒有存進來。不是說每個月一日會支付給我們嗎？我今天早上沒辦法買果汁可是很著急呢。」

「本堂，我之前也說明過了吧，就是這樣沒錯。點數會在每個月一日匯入。這個月毫無疑問也已經確認匯入了。」

「咦，可是……點數不是沒有匯進來嗎？」

本堂及山內他們彼此互看。池則像是沒注意到這件事而顯得吃驚。的確今天早上，我想說確認看看點數，查詢帳戶後卻發現跟昨天完全相同。也就是說，新的點數並沒有存入。我還以為之後一定會再匯進來。

「……你們還真是一群愚蠢的學生。」

這是憤怒嗎？或者是喜悅？茶柱老師散發出毛骨悚然的感覺。

「愚蠢……嗎？」

茶柱老師對傻傻反問的本堂投以銳利的眼神。

「本堂，坐下。我不會再說第二次。」

「小、小佐枝老師？」

本堂對那未曾聽過的嚴厲語氣感到畏縮，就這樣子坐到了椅子上。

「點數已經匯入了。這無庸置疑。像是只有這個班級被遺忘的這類幻想也是不可能的。懂了嗎？」

「不，就算妳問我們懂不懂……事實上點數就是沒有存進來……」

本堂感到困惑，同時也露出不滿的神色。

假設事實就如茶柱老師所說的「點數已匯入」……

要是這之中沒有矛盾？假設匯入的結果是零點？

這樣的疑問雖然很微弱，然而也確實擴大了起來。

「哈哈哈，原來是這麼一回事啊，Teacher。我理解這個謎題了呢。」

高圓寺洪亮地笑道，接著將雙腳跨到桌上，以傲慢的態度指著本堂。

「這是很簡單的事。代表我們D班連半點也沒被分發到。」

「啥？為什麼啊。不是說每個月會存進十萬點嗎……」

「我可不記得有這麼聽說過。對吧？」

高圓寺一面冷笑，一面肆無忌憚地將指尖指向茶柱老師。

「雖然高圓寺的態度很有問題，不過事情就像他所說的那樣。真是的，都已經給了這麼多提示，能自己察覺的人卻寥寥無幾。真是可悲。」

突如其來的變故以及宣告，使得教室裡開始吵嚷起來。

「……老師，我能提問嗎？我有無法理解的事。」

平田舉起了手。看得出來，他並不是為了守護自己的點數，而是因為擔心陷入不安的同學才舉起手。真不愧是班上的領導人物，連這種時候也率先採取行動。

「請告訴我們沒被分發點數的理由，不然我們無法接受。」

點數沒匯入的詳細原因，確實完全是個謎團。

「遲到、缺席，共計九十八次。課堂中私下交談，或使用手機的次數為三百九十一次。你們一個月之內就做了這麼多次。在這所學校，班級的成績將反映於點數上面。其結果就是你們將本來應該得到的十萬點給全吐了出來，事情就是這樣而已。入學典禮當天我應該也直接說明過，這間學校是以實力來衡量學生。然後你們這次則得到了『零』這個評價。一切不過如此。」

茶柱老師雖然很傻眼，但還是說出了機械般毫無感情的話語。來這間學校後所抱持的疑問，很慶幸地都接連解決了。雖然是以最糟糕的形式。

也就是說，我們D班在一個月之內，就失去了起跑衝刺時所獲得的十萬巨額優勢。

我聽見了鉛筆咯咯寫字的聲音。堀北似乎打算掌握情勢，而冷靜地記錄著遲到、缺席，以及私下講話的次數。

「茶柱老師，我不記得我們有得到這種事情的說明……」

「什麼啊，你們沒人解釋的話就無法理解嗎？」

「這是當然的。我們並沒聽說過匯入點數會減少的這件事。只要能獲得說明，大家應該就不會遲到或講悄悄話了。」

「平田，你說的話還真不可思議呢。我確實不記得我說明過匯入點數將由怎樣的規則來決定。但是，上課不要遲到、課堂中不要私下聊天——你們難道就沒在國小、國中裡學過嗎？」

「那是……」

「你自己應該也記得吧？沒錯，在義務教育的九年之中，『遲到或上課聊天是不好的』，你們應該也都聽到很厭煩了。而你們卻偏要說沒說明就無法接受？這種歪理根本就說不通。要是你們把理所當然的事情給理所當然地完成，至少也不會變成零分。這全都是你們自己的責任。」

這言論正確且讓人完全無法反駁。這種最簡單的善惡道理，不論誰都很了解。

「你們才剛升上高中一年級，難道真以為能毫無限制的每個月使用十萬？而且還是在日本政府設立為了教育優秀人才的這所學校？用常識去思考也不可能吧？為什麼要一直對疑問置之不理？」

平田對這般正確言論露出不甘心的模樣，但立刻就看向老師的雙眼。

「那麼，至少也告訴我們點數增減的詳細項目……以作為今後的參考。」

「這辦不到。人事考核……也就是詳細的審查內容，按照這間學校的規定無法說出來。社會上也是如此。你們就算出了社會、進了企業，是否要告訴你們詳細的人事審查內容，也是由企業來決定。不過，也是呢……我也不是因為憎恨你們才這麼冷淡。這狀況實在是太悲慘了，我就告訴你們一件好事吧。」

茶柱老師今天首次露出淺淺的笑容。

「就算改善遲到或者私下交談……假設這個月抑制到了零扣分，點數是既不會減少也不會增

加的。簡單來說，下個月匯入的點數也會是零點。反過來看，不管再怎麼遲到或者缺席也都沒問題。怎麼樣？好好記著可是不會有損失喔。」

「唔……」

平田的表情變得更加陰沉。部分學生似乎尚未理解其中意思，但是這種說明卻幾乎造成了反效果。想改善遲到或私下交談的學生，將會因而削弱決心。這便是茶柱老師的……不，是學校的目的嗎？

話還沒說完，宣告朝會時間結束的鐘聲卻響了起來。

「看來閒聊太久了。你們大致上都懂了吧？差不多該進入正題了。」

老師從手上的海報筒裡取出厚厚的白紙，並把它攤開，接著張貼在黑板上，以磁鐵固定。學生們連理解都還來不及，就這樣不知所措，茫然地盯著那張紙。

「這是……各班級的成績？」

堀北雖然半信半疑，但也如此解釋道。大概沒錯吧。

上面有著A班到D班的名稱，一旁則標示著最多三位數的數字。

我們D班是零，而C班是四百九十，B班是六百五十。然後數字最高的則是A班的九百四十。假設這些代表著點數，那一千點應該就相當於十萬圓吧。所有班級的數值一律都下降了。

「喂，你不認為很奇怪嗎？」

「對啊……數字有點太過整齊了。」

我和堀北在貼出來的分數裡注意到某個古怪的地方。

「你們這個月在學校中度過了隨心所欲的生活。對此校方並不打算予以否定。不論遲到或私下聊天，最後報應全都會回到你們自己身上，事情也只是這樣。關於點數的使用也是如此。要如何使用得到的東西都是持有者的自由，關於這點校方也並無加以限制。」

「這種事太過分了！這樣下去我都無法生活了！」

至今為止默默聽著話的池如此喊道。

連山內都極度慘烈地哀嚎著。因為那傢伙的點數餘額已經是零了……

「笨蛋們，好好看著吧。點數已經匯進除了D班以外的所有班級，而且是對生活一個月來說綽綽有餘的量。」

「為、為什麼別班還有點數啊，好奇怪……」

「我先說了，校方完全沒有任何不公正。這一個月內，所有的班級都是依照相同規則進行了評分。然而，在點數上卻有著如此的差距。這就是現實。」

「為什麼……班級的點數會相差到這種地步？」

平田也注意到貼出來的紙上所隱藏的謎團。點數的差距拉得太整齊了。

「你們漸漸理解為何會被選入D班了嗎？」

「我們被選入D班的原因？這不是隨便分的嗎？」

「咦？通常所謂分班就是那樣吧？」

學生們各自與朋友面面相覷。

「這所學校是依照學生們的優秀順序來分班的。最優秀的學生到A班，沒用的學生則到D班。這種制度在大集團補習班裡也很常見。簡單說，D班這裡是聚集著吊車尾的最後堡壘。總之你們都是最糟糕的瑕疵品。這也很像是瑕疵品會有的結局呢。」

堀北的表情僵住了。想必分班的理由讓她很受打擊吧。

把優秀人才塞到優秀的箱子，並把沒用的人塞到沒用的箱子，這樣確實比較好。腐壞的蜜柑有時也會使健康的蜜柑腐敗。優秀的堀北會抱持反感也是必然的。

可是我覺得或許這樣也好。因為就不會再往下降了。

「但是才一個月就將所有點數吐光光，就算在歷屆的D班裡，你們也是個首例。我反而很佩服你們竟然能搞到這種程度。厲害、厲害。」

茶柱老師故意似的拍手聲傳遍了教室。

「也就是說只要班級點數是零，我們就會一直維持零收入嗎？」

「對。這個點數將繼續保持到畢業為止。不過放心吧。宿舍房間能免費使用，而且食物也有免費的。是死不了的。」

也許能過最低限度的生活，但這對於多數學生則連安慰都稱不上。學生們在這個月裡過著極度奢侈的生活。突然要他們忍耐，也是件相當難受的事情。

「……也就是接下來我們要被其他傢伙看不起了嗎？」

須藤砰的一聲踹了桌腳。如果班級順序是以優劣來決定，就等於公開表示最差的D班當然就是笨蛋聚集地。會自卑也無可厚非。

「什麼啊，須藤。連你也會在意面子啊。那就努力讓班級往上爬吧。」

「啊？」

「班級點數並不只是和每月匯入金額連動。這個點數值會直接反映於班級排列次序。」

也就是說……假設我們持有五百點，就能從D班晉升到C班嗎？真的很像是企業的審核。

「還有一件遺憾的消息必須告訴你們。」

黑板再次被張貼上了一張紙。上頭列著一排班級全員的名字。然後，每個名字的旁邊又記載著數字。

「這是個有很多笨蛋學生的班級。不過就算是這裡的學生，也能理解這數字代表什麼吧。」

老師發出喀喀聲地用高跟鞋踩著地板，並且看了學生一眼。

「這是上次小考的結果。班上盡是些菁英，老師可是很高興喔。你們在國中裡究竟學了些什

麼啊？」

屏除部分前段同學，大部分的學生都只得到六十分左右。先不看須藤那不可思議的十四分，下一個則是池的二十四分。平均分數為六十五分前後。

「太好了呢。如果這是正式測驗，才剛開學就有七個人要被退學了。」

「退、退學？這是怎麼回事呀？」

「什麼啊，我沒說過嗎？這所學校規定只要期中、期末考裡有一科考得不及格就得退學。就這次考試來說，所有未滿三十二分的學生都是要被退學的對象。你們真的是很愚蠢呢。」

「啥、啥啊啊啊啊啊啊啊？」

首先發出驚惶叫聲的，是包含池的那七名符合條件者。

張貼出來的紙上，七人之中分數最高的菊地是三十一分，其上方畫有一條紅線。換句話說，包括菊地以下的學生全都不及格。

「小佐枝老師，別開玩笑了！退學可不是開玩笑的啊！」

「就算你跟我說，我也很為難。這是學校的規定。做好覺悟吧。」

「看來就如Teacher所說，這個班級裡真的有很多蠢貨呢。」

高圓寺一面打磨指甲，雙腳就這樣跨在桌上，一副很了不起似的微笑著。

「高圓寺你說什麼！反正你也是不及格組吧！」

「哼，Boy，你的眼睛到底長到哪兒了?好好看著吧。」

「咦、咦?沒有高圓寺的名字耶……咦?」

池的視線由後段排名依序往前段排名移動。接著──好不容易才找到「高圓寺六助」這個名字。

令人不敢相信的是，就算是在前段排名，他也並列在榜首的其中一名。分數是九十分。代表高圓寺解開了一道難度很高的題目。

「我還以為高圓寺跟須藤一樣絕對是笨蛋角色……!」

也能聽見池以外的人發出這種混雜著驚嘆及挖苦的話語。

「我再補充一件事情吧。這間學校在國家的管理之下，以高升學率及就業率為傲。這是眾所皆知的事實。這個班級大部分的人，或許也有著希望升學、就職的目標吧。」

這是理所當然的吧。這所學校在全國也是升學、就業率首屈一指。傳言只要能從這裡畢業，就算是平常很難錄取的地方都能輕易進去。就連似乎能保送到日本最頂尖級別的東京大學這般煞有其事的謠言都有了。

「但是……世上可不會有這種好事。這個世界可沒簡單到連你們這些低水平的人不管到哪裡都能升學、就業。」

茶柱老師的話傳遍了教室。

「也就是說，想獲得實現就業、升學目標的恩惠，就必需晉升到C班以上……是這樣子吧？」

「平田，這也是錯的。如果想要這間學校替你實現將來的願望，也只有晉升A班這個辦法。這間學校，想必不會給這以外的學生任何擔保。」

「怎、怎麼會……我沒聽說過這種事！這沒道理啊！」

一名戴著眼鏡，叫做幸村的學生站了起來。他在考試中與高圓寺並列榜首，取得了學力上無可挑剔的成績。

「真是難看呢。沒什麼比起男人驚慌失措的模樣還要更加慘不忍睹。」

高圓寺像是覺得幸村的聲音很不順耳似的嘆了口氣，並如此說道。

「……高圓寺，你被分到D班就不會不服氣嗎？」

「不服氣？我不懂為何需要不服氣呢。」

「我們被校方認定為低等的放牛班學生，而且我們連升學或就業都沒保障。不服氣是當然的！」

「哼，實在是很Nonsense。就是這樣才說你愚蠢透頂。」

高圓寺沒有停下打磨指甲的手。豈止如此，他看也不看幸村一眼。

「這只是校方無法測量出我的Potential罷了。我比任何人都還要認可、尊敬、敬重自己，並自詡是個偉大的人。即使校方擅自做出D的評價，對我來說也不具任何意義。假如要我退學，那就隨便他們。因為事後會哭著來找我的，百分之百會是校方呢。」

該說真不愧是高圓寺嗎？不知該講他是很有男子氣概，還是唯我獨尊。這確實只是校方評定出來的A或D，不去在意的話就沒什麼大不了了。如果從智力或體能的高低來考慮，也很難想像A班全體學生都凌駕高圓寺之上。他恐怕是由於除此之外的奇怪性格，才會被分發到D班吧。

「況且我一點也沒想過要學校替我輔導升學、就業呢。我將來要繼承高圓寺財閥。不管是A還是D，都只是些小事。」

對於未來有保障的這個男人，的確完全沒有必要到A班。

幸村無法反駁，就只能這樣坐了下來。

「看來歡樂的氣氛已一掃而空了呢。你們如果理解自己身處的情況有多麼殘酷，那這段冗長的輔導或許也有意義了。距離期中考還有三個星期，你們就仔細去思考，然後避免退學吧。我相信會有能避免不及格，並且熬過考試的方法。要是辦得到的話，就拿出與實力者相符的姿態前來挑戰吧。」

茶柱老師稍微用力地關上門，就真的離開了教室。

不及格組的學生們頹喪地低著頭。平時恣意妄為的須藤也咂嘴並低下頭。

「點數沒存進來，接下來要怎麼辦啦。」

「我昨天把剩下的點數全用光了……」

老師離開後的休息時間，教室裡一片嘈雜……不對，是極度混亂。

「比起點數班級才是問題……開什麼玩笑呀。為什麼我在D班啊……！」

幸村憤怒地發出粗暴的聲音，額頭上也略微冒出汗水。

「話說，原來我們沒辦法進到喜歡的學校嗎？那我又是為了什麼才進這間學校？小佐枝老師是不是討厭我們……？」

其他學生們也同樣難掩混亂神色。

「我能明白大家混亂的心情，但是暫時先冷靜下來吧。」

對教室險惡的氣氛感到危機的平田，為了穩定周遭情緒而站了起來。

「什麼冷靜啊，被說是吊車尾，你難道不會不甘心嗎！」

「就算現在被這麼說，不過只要同心協力把這口氣爭回來不就好了嗎？」

「爭回這口氣？說起來我可是從分班的階段就無法接受了！」

「我很了解你的心情。但是，就算現在在這裡吐苦水也什麼都無法開始吧？」

「你說什麼？」

幸村以就要抓住平田衣襟似的氣勢縮短了距離。

「你們兩個人都冷靜點嘛，好不好？剛才老師一定是為了激勵我們，才會說得這麼嚴厲，不是嗎？」

是櫛田。她一進入對峙的兩人之間，就輕柔地把手放在幸村緊握的拳頭上。幸村果然也不想讓櫛田受到傷害，而不禁往後退了半步。

「而且呀，我們才開學一個月吧？就像平田同學所說的，接下來大家一起加油不就好了？我有說錯嗎？」

「沒、沒有，這是……雖然櫛田妳所說的話也確實沒錯……」

幸村將近一半的怒火已煙消雲散。櫛田的雙眼認真訴說著——只要D班的大家團結一致，總會有辦法。

「是、是啊。不用這麼著急對不對？而幸村和平田也沒有必要吵架。」

「……抱歉。我剛才不是很冷靜。」

「沒關係。我才更應該注意措詞。」

櫛田桔梗的存在，將這個隨隨便便的討論會給整合了起來。

我拿出手機，並輸入黑板上張貼著的紙上所寫的點數。看見我這種行為的堀北，覺得不可思議地探頭看來。

「你在做什麼？」

「我在想辦法看能不能推出點數的明細。妳也抄了很多筆記吧。」

只要能了解遲到、閒聊等會扣幾分，也會比較容易建立對策。

「現階段要算出細項不是很困難嗎？而且，我不認為這是你去調查就能解決的問題。這個班級只是單純有太多次的遲到及私下聊天。」

就如堀北所言，光憑目前手邊的資訊很難判斷。而就連堀北似乎也感到焦急。總覺得她好像缺少平時那份冷靜的態度。

「妳也是志願升學嗎？」

「……為什麼要問這種事？」

「沒什麼，因為妳聽見A和D的差異時似乎很震驚。」

「這種事情，在這個班上不管是誰或多或少都會吧？在入學前就說明的話那還另當別論。到這個階段才告知可是讓人無法接受。」

也是呢。恐怕不只是D班，C或B班的學生肯定也心生了不平、不滿。以學校看來，A以外的班級都被視為放牛班。雖然如此，唯一的好處或許就是只要努力，前段班似乎也伸手可及。

「對我來說，在講A或D之前，我更想先確保點數。」

「點數只不過是副產物，就算沒有也不會妨礙生活。實際上，學校裡也到處都有能免費利用的東西吧？」

現在一想，那就是對我們這種失去點數的人們所提供的救濟措施吧。

「不會妨礙生活啊……」

只是活著的話確實不成問題。可是也有很多東西是只能以點數獲取的。其中的代表，便是娛樂了吧。要是缺少娛樂，日後不會招致危害就好了……

「綾小路同學，你上個月用了多少？」

「嗯？喔，妳是指點數啊。雖然是大概，但應該在兩萬左右。」

悲慘的應該是點數用得精光的學生吧。像是從剛剛開始就在桌上大吵大鬧的山內。池應該也花完大部分點數了。

「我雖然覺得他們很可憐，但這也算是自作自受呢。」

一個月內毫無計畫就花光十萬，的確有點問題。

「也就是說，我們在這個月裡，徹底對這甜蜜的餌上鉤了。」

每個月十萬。儘管覺得不可能這麼簡單，但不知不覺還是很興奮。

「各位，課堂開始以前，我希望你們能稍微認真聽我說。特別是須藤同學。」

在依然嘈雜的教室中，平田站上講台，吸引了學生的目光。

「嘖，幹嘛啦。」

「我們這個月沒有獲得點數，這是今後的校園生活裡非常棘手的問題。我們不可能到畢業為止都以零點來過生活吧？」

「我絕對不要那樣！」

一名女學生發出慘叫般的聲音。平田溫柔地點頭表示贊同。

「當然。正因為這樣，所以我們下個月一定要獲得點數。而且為了這個目的，班級全員一定得同心協力。為了不遲到或課堂私下交談，我們要彼此互相提醒。碰手機當然也禁止。」

「啥？為什麼我們就得被你命令做這種事情啊？點數會增加的話就算了，如果不會改變也沒意義吧？」

「可是，只要繼續遲到或者私下交談，我們的點數就不會增加。那只是不會從零再降下去，但毫無疑問是扣分項目吧。」

「真是沒辦法接受呢。認真上課點數居然也不會增加。」

須藤對其嗤之以鼻，並不滿地雙手抱胸。而看著這種樣子的櫛田，做出了發言。

「以校方來看，不遲到或不私下交談都是理所當然吧？」

「嗯，我認為就像同櫛田同學所說的。這是理所當然應該做到的。」

「這是你們擅自的解釋吧。而且，要是不知道增加點數的方法，再怎麼做也只是白費力氣吧。找到增加方法之後再來講啦。」

「我並不是因為討厭須藤同學才這麼說的。如果造成你的不愉快，我向你道歉。」

平田對流露不滿的須藤，依然很有禮貌地低下了頭。

「但是，如果沒有須藤同學……不，如果沒有大家的配合，確實就無法獲得點數。」

「……你們想做什麼都隨便，但別把我捲進去，知道了嗎？」

須藤似乎覺得在這個地方待不下去，說完這些話就出了教室。

不曉得他打算在上課前回來，還是就這樣子走了。

「須藤同學真的搞不清楚狀況耶，遲到最多次的也是他。要是沒有須藤同學，我們應該還會剩下一些點數吧？」

「對呀……真是太糟糕了。為什麼我會跟那種人同班……」

嗯～直到今天早上大家都還享受著幸福的生活，而且也沒有半個傢伙對須藤有怨言。在這種氣氛之中下了講台的平田，很難得地來到我們的座位前。

「堀北同學，還有綾小路同學，能打擾一下嗎？為了增加點數，放學後我想討論接下來該怎麼做。我很希望你們也來參加。怎麼樣呢？」

「為什麼要找我們？」

「我打算問班上所有人。可是我覺得就算一次問，半數以上的同學一定只會把話聽一半，不會認真聽我說。」

所以才會想要個別請求嗎？雖然我不認為能討論出什麼好主意，但如果只是參加也沒關係吧。當我這麼想的時候——

「抱歉，能找其他人嗎？我不擅長討論。」

「不用勉強發言喔，而且想到什麼的話再說也沒關係。只要人能夠在場就足夠了。」

「不好意思，但我不打算陪著你們做沒意義的事情。」

「我想這對我們D班來說是第一個試煉。所以——」

「我應該已經拒絕了。我不會參加。」

這是極為冷靜的一句話。堀北儘管有考量到平田的立場，但還是再度表示了拒絕。

「這、這樣啊。抱歉……要是改變心意，我希望妳能來參加。」

平田看起來很遺憾地放棄邀約，而堀北也已經不再看著他了。

「綾小路同學，你覺得怎麼樣呢？」

說真的參加也可以，因為班上大部分的人都會參加討論吧。

但是，只有堀北不在場的話，她也有可能會被當成像須藤那樣的異類。

「呃——不了，抱歉啊。」

「……不會。我才不好，突然邀請你們真是抱歉。不過，如果改變心意的話請隨時跟我說喔。」

平田有可能是理解了我的想法，而乖乖作罷了。

對話一結束，堀北就開始為下一堂課做準備。

「平田像那樣採取行動，還真是了不起啊。這時候就算沮喪明明也不奇怪。」

「這是其中一種見解吧。不過，如果這是簡單討論就能解決的問題，那就不會這麼辛苦了。腦袋不好的學生就算群聚討論，還不如說只會更陷於泥沼，徒增混亂。而且對我來說，我還沒辦法好好接受目前的狀況。」

「沒辦法接受？這是什麼意思？」

堀北沒回答我的問題，在這之後也保持了沉默。

2

放學後，平田就如早上知會大家的那樣站上了講台，在黑板上開始準備作戰會議。

這種參與度可窺見平田向心力的厲害程度。除去堀北、須藤與幾名男女，座位幾乎客滿。等

我注意到的時候，沒參加的同學們都已經不在教室了。在開始正式討論前，我也出去吧。

「綾小路～～～」

山內掛著奄奄一息的表情，從課桌底下探出頭來。

「唔喔！做、做什麼啊。怎麼了？」

「用兩萬點買下這個啦～我沒點數什麼也買不了～」

放在桌上的是山內才剛買的遊戲機。坦白說我完全不想要。

「你要是把它賣給我，那我要跟誰玩才好啊？」

「那種事我怎麼知道。好不好嘛，是特價所以很划算喔。」

「如果是一千點我就買。」

「綾小路～～～～～！我能依靠的就只有你了啊～！」

「為什麼只有我啊……我可是愛莫能助啊。」

山內抬頭用濕潤的雙眼看著我，但是我覺得很噁心，因此別開了視線。

他好像判斷無法從我身上獲得施捨，馬上就瞄準了其他目標。

「博士！作為我最重要的朋友，我有事想拜託你！用兩萬兩千點買下這台遊戲機吧！」

這次他似乎打算強迫推銷給博士，而且還不要臉的漲價了。

「點數用光的人好像很辛苦呢。」

櫛田看著山內和博士的互動，前來搭話。

「倒是櫛田妳的點數不要緊嗎？女孩子有許多必要的東西吧？」

「嗯～目前還可以吧。我用掉一半左右了。這一個月來用得太自由了，所以要忍耐有點辛苦呢。那你也還可以嗎？」

「正因為交友圈很廣，生活完全不用錢也很困難呢……我則是幾乎沒有使用。而且我也沒有特別需要的東西。」

「難道是因為沒有朋友嗎？」

「喂……」

「啊哈哈，抱歉抱歉。我完全沒有惡意喲。」

櫛田笑嘻嘻地合掌道歉。這種模樣也沒必要的可愛。

「那個，櫛田同學，可以打擾一下嗎？」

「輕井澤同學，怎麼了？」

「其實我啊……點數花得太凶了，真的很缺錢呢。我現在正在慢慢地跟班上的女生借點數，我希望櫛田同學也能幫忙我。我們是朋友吧？真的，一個人只要兩千點就好了。」

輕井澤嘻皮笑臉地要求櫛田借她點數，這態度完全看不出來是在拜託人。像這種事情，馬上就會被拒絕了事。

「嗯，可以啊。」

居然答應了！雖然我在心裡吐嘈，不過朋友之間的問題，也得由當事人來做決定。

櫛田看來完全沒有不情願，就決定要幫助輕井澤了。

「謝啦～朋友果然是不可或缺的呢。這是我的號碼，那麼就麻煩妳了～啊，井之頭同學，其實我啊，點數花得太凶了～」

輕井澤發現下個目標學生，便像風一般地從我們面前離去。

「這樣好嗎？這十之八九要不回來喔。」

「朋友如果有困擾，我也沒辦法放著不管。輕井澤同學的交友圈也很廣，我想要是沒點數的話會很辛苦。」

「但就算這樣，我覺得把十萬花光也是她個人的問題。」

「啊，可是要怎麼把點數交給她呢？」

「妳從輕井澤那裡拿到寫著號碼的紙張了吧？在手機輸入的話應該就能轉讓了。」

「校方也有好好地替學生設想呢。還準備了這樣的系統，來幫助像輕井澤這樣困擾的人。」

這對輕井澤來說確實是及時雨。但是有必要特地設計成能夠匯款、轉讓嗎？還不如說，這很有可能成為糾紛的導火線。

『一年D班的綾小路同學，班導茶柱老師有事找你，請到教師辦公室。』

溫和的前奏音效播放完之後，教室裡就傳遍了不帶感情的廣播通知。

「老師好像在找你呢。」

「是啊……櫛田，抱歉。我去去就回。」

我完全不記得入學以來做過什麼特別會被勸戒的事情。我總覺得自己身後承受著同學沉重的視線，同時溜出了教室。

我帶著兔子般膽小的心臟，悄悄打開教師辦公室的門。環視之下卻沒看見茶柱老師的身影。無可奈何，我向正在用鏡子檢查容顏的老師搭話。

「那個……請問茶柱老師在嗎？」

「咦？小佐枝？嗯——剛剛為止都還在耶。」

轉過頭來的老師，有著一頭微卷的中長髮，很有當今成年人的味道。她親暱地稱呼著茶柱老師，年齡看起來也很相近，或許是朋友吧。

「好像是暫時離開座位了。你要進來等嗎？」

「不用，我在走廊等。」

我總覺得不是很喜歡教師辦公室。由於不想到受矚目，於是我決定在走廊等待。而年輕老師不知是想到什麼，便忽然走來走廊。

「我是B班班導，叫做星之宮知惠。我和佐枝是高中以來的摯友，而且還是稱呼彼此為『小

佐枝』、『小知惠』的關係喔～」

我明明連問也沒問，她就提供了好像沒什麼用處的資訊。

「欸，小佐枝是因為什麼理由而叫你出來呀？欸欸，為什麼？」

「呃，這我也完全不知道……」

「你不知道啊？連原因也沒說就叫你出來？是喔～你的名字是？」

她展開問題攻勢，並且觀察似的盯著我上下打量。

「我叫綾小路。」

「綾小路同學啊。該怎麼說呢？你不是滿帥的嗎～一定很受歡迎吧～？」

這個態度輕快的老師是怎麼回事啊？她和我們的茶柱老師完全不同，與其說是老師，還不如說比較像學生。

如果是在男校，想必她立刻就會擄獲全體學生的心吧。

「欸欸，你已經交到女朋友了嗎？」

「沒有……那個，因為我並不受歡迎。」

跟她有所牽扯似乎會吃虧，因此我故意表現得很不耐煩。然而，星之宮老師卻連這樣都很享受似的積極靠過來。她就這樣用纖細漂亮的手抓住我的手臂。

「哦──？真是意外耶，要是和你在同一個班級，我可是絕對不會放著你不管～你不會是很遲頓吧？戳戳。」

她用食指戳我的臉頰，我不知該怎麼反應。假如突然舔她的手指，應該就能結束她的糾纏吧。但是，這樣我好像會被叫去教職員會議，並一口氣得到退學處分。

「星之宮，妳在做什麼？」

茶柱老師突然出現，並用手上的板夾用力打了星之宮老師的頭，砰的一聲發出響亮聲響。星之宮老師抱著頭蹲下來，好像很痛的樣子。

「好痛～妳幹什麼啊！」

「還不是因為妳纏著我的學生。」

「因為他說要來見小佐枝，我只是在妳還沒回來的時候陪他而已嘛。」

「不要理他不就好了。綾小路，讓你久等了。這裡也不太方便，跟我到輔導室吧。」

「不，我覺得在這裡也沒關係。比起這個，您說輔導室……我做了什麼嗎？就算我這個樣子，我認為自己在校園生活裡，大致上有小心別太引人注目。」

「不要頂嘴。跟我過來。」

搞什麼啊——雖然我這麼想，但還是跟著茶柱老師向前走。在我旁邊露出笑容的星之宮老師也跟著我們走。茶柱老師立刻就察覺到這件事，並帶著惡鬼般表情轉過頭來。

「妳別跟過來。」

「不要說得這麼冷淡啦～讓我聽一下也不會少一塊肉吧？而且，小佐枝是那種絕對不會進行個別指導的類型吧？可是卻忽然把新進的綾小路同學叫到輔導室……我在想小佐枝是不是有什麼目的。」

她笑眯眯地回答完茶柱老師，就繞到我的身後，將手放在我的雙肩。

雖然看不見星之宮老師的表情，但是我感覺得到她們視線互相激烈碰撞的氛圍。

「小佐枝，妳該不會企圖以下犯上～？」

以下犯上？這是什麼意思。

「別說傻話了，這種事當然不可能。」

「呵呵，這種事情小佐枝的確辦不到呢～」

星之宮老師意有所指地喃喃說道，並跟著我們。

「妳打算跟到什麼時候？這是D班的問題。」

「咦？我只是要一起去輔導室喲！不行嗎？妳看，我也能幫忙給建議呀～」

正當星之宮老師打算硬跟過來，一名女學生擋在我們的面前。她是一名我從來沒見過的美女學生，留著一頭淺粉色頭髮。

「星之宮老師，能不能占用您一些時間？關於學生會的事，我有些話想說。」

她一瞬間和我對上了眼，不過馬上就別開視線，看向星之宮老師。

「看，妳也有訪客。快去吧。」

茶柱老師用板夾砰的一聲打了星之宮老師的屁股。

「真是的～玩笑再開下去，好像就會惹小佐枝生氣，下次見嘍，綾小路同學。那麼一之瀨同學，我們去教師辦公室吧。」

她這麼說完，就輕快地往回走，並和那名叫一之瀨的美女一起前往教師辦公室。

茶柱老師目送星之宮老師。她搔了搔頭，就朝著輔導室的方向邁出步伐。過了不久，我們就進去了在教師辦公室附近的輔導室。

「所以……把我叫出來的理由是什麼呢？」

「嗯，這個嘛……在說明以前你先來一下這裡。」

茶柱老師瞄了幾眼牆上掛著的圓形時鐘，就立刻打開輔導室裡的一扇門。這裡看起來是茶水間，爐子上放有燒水壺。

「泡點茶就可以了對吧？焙茶可以嗎？」

我拿起裝著焙茶粉末的容器。

「不必多事了。你安靜地待在裡面。在我說能出來以前，你就安靜地待在裡面，不要發出聲音。知道了嗎？違反的話就退學。」

「啥？您的意思我完全——」

我連說明都沒得到，茶水間的門就被關上了。她到底在打什麼算盤呢？

我暫且還是照交代靜靜等著，結果沒多久輔導室就傳來了開門聲。

「進來吧。那麼，堀北，妳找我是想說什麼？」

看來前來拜訪輔導室的是堀北。

「我就開門見山地問了。為什麼我會被分配到D班呢？」

「還真的是開門見山呢。」

「老師您今天說優秀的人會依序被選入A班，而D班則是校內聚集著吊車尾的最後堡壘。」

「我所說的是事實。看來妳以為自己很優秀呢。」

被指摘出這點，堀北打算怎麼回覆呢？我打賭她會強硬反駁。

「入學考試的問題，我有自信幾乎都解出來了，而且我也不記得在面試裡有出現重大失誤。至少我無法想像會被分配到D班。」

看吧，猜中了。堀北是自認優秀的那類人。而我覺得這並非自作多情，她事實上是很優秀。

而且堀北在今天早上公布的考試成績也並列於榜首。

「幾乎解出了入學考題嗎……？原本入學考試結果是不能給個人看的，不過我就特別讓妳看吧。沒錯，剛好這裡有妳的答案卷。」

「準備得還真是周到呢……就像是知道我會為了抗議而來。」

「我好歹也是老師。我自認對學生的個性有一定程度的了解。堀北鈴音，妳的入學考試結果，就跟妳自己的判斷相同。妳在今年的一年級之中，獲得了並列第三名的成績。分數也和第一、第二名相差無幾。考得非常好呢。就連在面試中，也確實沒發現特別需要關切的問題。還不如說是評價非常好。」

「謝謝您。那麼——為什麼？」

「在這之前，為什麼妳對在D班這件事不服氣呢？」

「沒有人會對沒被正確給予評價的情況感到高興。況且這間學校依班級差異，將對未來造成巨大影響。這是當然的。」

「正確的評價？喂喂，妳對自己的評價還真高啊。」

茶柱老師不禁對堀北嘲諷似的發笑，或者，這也可能只是單純的笑而已。

「我就承認妳的學業能力很優秀吧。妳的頭腦確實很好。不過是誰規定學力出色的人就能進入優秀的班級？這種事我們一次也沒說過。」

「這是——這是社會上的常識。」

「常識？妳那個常識不就造就了如今這個糟糕的日本嗎？光憑考試成績就給予人評價並決定優劣。其結果就是無能者在上位操弄權勢，拚命排擠真正優秀的人，而最終的結局便是世襲制。」

世襲制是指地位、名譽、職業由子孫代代繼承的意思。

聽見這些話，我的喉嚨忍不住發出聲音，而且胸口很痛。

「很會讀書確實也是其中一種能力，我不打算否定這點。可是這間學校的目的是為了創造出真正優秀的人。如果妳認為光靠這樣就能分發到上段班，就大錯特錯了。學校最開始應該就和入學學生說明過這件事情了。而且，妳冷靜想想吧。假如學校只以學業能力來決定優劣，妳覺得須藤他們進得來嗎？」

「唔……」

這裡雖然是日本首屈一指的升學學校，但是也有學生是靠讀書以外的方式入學。

「況且，片面斷定『沒有人會對沒被正確給予評價的情況感到高興』也未免言之過早。如果到了A班，就得承受來自校方的強大壓力，以及下段班的強烈忌妒。每天被迫在沉重的壓力中競爭，是件比想像中還更辛苦的事情。其中也有人覺得沒被正確評價是件好事。」

「您在開玩笑吧？我完全無法理解那種人。」

「是嗎？我想D班裡也有那種因為被分到等級低的班級而高興的怪學生。」

這些話宛如是隔著牆壁對著我說。

「這算不上是說明。麻煩您再次確認我被分到D班是否為事實，以及計分標準是否出了錯誤。」

「雖然很遺憾，但是妳分到D班這件事並不是我們的失誤。妳就只是這種程度的學生，因此必然會被分到D班。」

「……這樣啊。我會重新詢問校方。」

看來她並不是放棄，而是判斷了跟班導談也沒用。

「妳就算去跟上面的人談，結果也一樣。況且妳也不必悲觀。早上我也說過班級會根據表現而上下浮動。畢業以前都還是可能會晉升到A班。」

「我不認為這是條簡單的路。聚集著不成熟者的D班，要怎麼做才能獲得比A班還要好的點數？再怎麼想不是也不可能嗎？」

堀北的逆耳之言也是頗有道理。這次點數的壓倒性差異就意味著這件事情。

「這就不關我的事了。要不要將這條有勇無謀的路作為目標，都是妳個人的自由。堀北，還是說，妳難道有什麼非晉升到A班不可的特殊理由呢？」

「那是……今天到這邊我就先告辭了。但是請您記住我並沒有接受這件事情。」

「知道了，那我就記著吧。」

我聽見了拉椅子的尖銳聲音。談話似乎結束了。

「啊，對了。我還多找了一個人來輔導室。是個跟妳也有關係的人喔。」

「有關係的人……？難道是……哥——」

「綾小路，給我出來。」

真不希望她在這種時機叫我。好，我就這樣子不要出去。

「如果不出來，我就讓你退學喔。」

好、好過分。身為聖職者居然若無其事地把退學當作武器。

「你到底要讓我們等到什麼時候才滿意啊。」

我邊嘆氣，邊裝模作樣地回到輔導室。當然，堀北顯得相當驚訝及困惑。

「我說的話……你都聽見了嗎？」

「什麼話啊？雖然我知道妳們好像在說著什麼，不過聽不太清楚啊。這牆壁還真是出乎意料的厚呢。」

「沒這種事。這間房間的聲音能清楚傳到茶水間喔。」

看來茶柱老師無論如何都想把我拖進戰場。

「……老師，為什麼要做這種事情？」

堀北立刻就察覺了這過程是預謀好的，很明顯非常生氣。

「因為我判斷這件事情是必要的。那麼，綾小路，我就開始說明找你到輔導室的理由吧。」

茶柱老師將堀北的疑問隨便帶過，就把話題切到我身上。

「那我就先告辭了……」

「堀北，等等。把話聽到最後也對妳比較好。這說不定會是晉升到A班的提示喔。」

正打算轉身的堀北停下動作，接著重新坐回了椅子上。

「請長話短說。」

茶柱老師將視線落在板夾上，並且微微地笑了。

「綾小路，你真是個有趣的學生呢。」

「我可是不比擁有『茶柱』這奇特姓氏的老師還要有趣。」

「你想向全國姓茶柱的人磕頭謝罪嗎？嗯？」

不，我想就算找遍全國，除了您以外也沒有人會姓茶柱……

「我先前拿了入學考的結果，來思考個別的指導方式，但是看見你的考試成績，卻發現了一件很有意思的事情。剛開始我還嚇了一跳呢。」

茶柱老師從板夾上將看起來很眼熟的入學考試卷慢慢地擺在桌上。

「國語五十分、數學五十分、英文五十分、社會五十分、自然五十分……附帶一提，這次小考的結果也是五十分。你們明白這意味著什麼嗎？」

堀北以吃驚的模樣注視著考卷，接著把視線移到我身上。

「所謂的偶然還真是可怕啊。」

「哦？你是說，所有考試成績都是五十分，是徹底的偶然？你是故意這麼做的吧？」

「這是偶然，再說也沒有證據。說起來操控考試分數對我會有什麼好處啊？要是我有能考高分的頭腦，就會瞄準全科滿分了喔。」

我故意開個玩笑，老師卻像是感到傻眼地嘆了口氣。

「看來你實在是個討厭的學生。聽好，這個數學的第五題，全學年的答對率是百分之三。但是包含其中的複雜算式，你全都完美地解開來了。另一方面，這邊第十題的答對率是百分之七十六。一般來說，怎麼會反而答錯這題？」

「我不知道這世上的『一般』是什麼啦。這是偶然喔，偶然。」

「真是的，我雖然很佩服你這種乾脆的態度，不過這點會讓你未來很辛苦喔。」

「這也是很久以後的事，我到時候再想。」

怎麼樣？——茶柱老師如此訴說般地看向了堀北。

「你……為什麼要做這種莫名其妙的事？」

「不，我就說是偶然了。隱藏的天才什麼的，我可沒有這種設定喔。」

「是這樣嗎？堀北，搞不好他還比妳聰明喔。」

堀北身體抽動了一下。老師，能不能請您不要再多嘴了啊？

「我又不喜歡讀書，而且也不打算努力。所以才得到了這種分數。」

「這真不是選擇這間學校的學生該說的話啊。雖說如此，說不定你也有那種與其他學生不同的特殊理由，就像高圓寺那樣認為D也好A也好。」

不只是這間學校，連這個老師也很不簡單。剛才她和堀北的對話裡，也講了許多讓堀北動搖的話。全體在校生的「祕密」彷彿全都掌握在她的手中。

「那麼，那個特殊的理由又是什麼？」

「你想聽我詳細說明嗎？」

我並沒有漏看從班導茶柱老師的眼神深處所露出的銳利光芒。看來，我正被誘往她想要的談話方向。

「算了。因為要是聽了，我有可能就會突然抓狂，然後破壞掉輔導室裡的所有備品呢。」

「綾小路，如果這樣，你會被降級到E班。」

「有那種班級嗎？」

「你就開心吧。所謂的E班等於退學（Expelled）。我的話就說到這邊了。好好享受接下來的學生生活吧。」

這句話真是諷刺。

「我要走了。教職員會議的時間差不多要開始了。這裡要鎖起來，你們兩個出去吧。」

茶柱老師推著我們兩個的背，把我們趕往走廊。她為什麼要把我叫出來，並讓我和堀北碰面呢？看不出來她是會做無意義事情的那種類型。

「總之……回去吧。」

我沒取得堀北的確認就向前邁步。我判斷現在還是別和她待在一起比較好。

「等等。」

堀北叫住了我，但我沒有停下腳步。因為只要逃到宿舍就是終點了。

「剛才的分數……真的是偶然嗎？」

「當事人都這麼說了吧？還是妳有什麼證據能說我是故意的？」

「雖然沒有證據……不過，你有某些地方我搞不太懂。你說自己是避事主義，對A班似乎也不感興趣。」

「倒是妳對A班好像有非比尋常的情感呢。」

「……難道我不能努力讓升學或就業獲得優勢嗎？」

「沒什麼不行，這是很自然的事。」

「我原本認為進了這間學校，只要畢業就算抵達了終點。不過，實際上卻不是這樣。我就連起跑線都還沒站上。」

堀北似乎加快了腳步，回過神來她已經走在我旁邊了。

「那妳是認真打算以A班為目標嗎？」

「我會先查明校方真正的意思。弄清楚為什麼我會被分到D班。假設真的就像茶柱老師所說，我是被校方判斷為D的話……到時我就會以A為目標。不，是絕對要升上A班。」

「這會相當辛苦喔。妳必須讓問題兒童們改過自新。須藤的遲到或慣性蹺課、課堂私下聊天、考試分數，這些都改善了才終於會是正負零。」

「……我知道。可以的話我還比較期待這是校方的失誤。」

堀北自信十足的話語，反而使我不安。她真的了解情況嗎？

依據今天的消息，我所推出的結論就是「絕望」兩個字。只要遵守基本校園生活規範，應該就能在某種程度上防止扣分吧。然而，最關鍵的還是不清楚什麼行為才能加分。連被認為最優秀的A班，儘管只有一點點，也還是得到了扣分。

況且就算發現能有效增加點數的手段，其他班級也可能會用相同方式增加點數。

點數差距一旦被拉開，想在有時間限制的競爭內拉近距離會非常困難。

「我大概了解你在想什麼。但是，我不認為校方會這樣維持靜觀。因為這樣就沒有競爭的意義了。」

「原來如此，還有這種看法啊。」

因為她推測校方不會允許A班只花開學一個月就把其他班級甩開。也就是說，堀北似乎相信某種大幅增減點數的機會一定會來臨。

「你不想靠自己的雙手試著對這種情況做點什麼嗎？」

「不想。」

「不要這麼自豪地馬上回答。」

我的側腹被刺入了手刀。即使我做出痛苦的表情，堀北也完全無視。

「痛痛痛……我能體諒妳的心情，但這並不是個人就能解決的問題。須藤也說過了吧。就算改善自己，假如班級整體還是扣分的，那就沒有用。」

「不對呢。個人雖然辦不到，但正確答案是——這是每個人都必須去解決的棘手問題。如果不每個人都去做，那就連起跑線也無法站上了。」

「我只知道，不管答案是什麼好像都非常麻煩。」

「不得不立刻改善的事情，主要有三項。遲到、私下交談，以及期中考全班都不能不及格。」

「前兩項在某種程度上應該有些辦法吧。可是，期中考就……」

上次的小考的確有很難的題目，不過大部分都是難易度很低的問題。光這樣就有好幾個人考不及格。如果是這種程度的學生，老實說之後的期中考還真是前途一片黑暗。

「所以——我希望綾小路同學也能幫忙。」

「幫忙？」

我露骨地擺出厭煩的表情。然而這個重要的表情，堀北只看了一眼就帶過。

「我今天早上也看見妳拒絕平田。我也可以用同樣的理由拒絕妳吧？」

「你想拒絕？」

「我說啊，妳難道覺得我會很高興地幫忙？」

「雖然不至於認為你會很高興地幫忙，但我也不覺得會被你拒絕。如果你當真想拒絕，那麼到時候……算了不說了。現在思考接下來的打算也沒用。所以，幫還是不幫，你選哪個？」

可以的話，我還真希望妳能告訴我那段沉默的後續……雖然這麼說，但我該怎麼做啊。我並不打算無情拒絕尋求幫助的人。不不不，給我冷靜點。要是在這裡爽快地說要幫忙，到畢業為止都會被她任意使喚。在這裡我得狠下心來。

「我拒絕。」

「我就相信如果是綾小路同學你的話一定會幫忙。謝謝你。」

「我才沒這麼說！我剛剛徹底拒絕了吧！」

「不，因為我能聽見你心裡的聲音。它說想要幫忙。」

好可怕！那個妄想般的東西到底是什麼，好可怕！

「說起來我也不認為自己能幫上什麼忙。」

堀北的考試分數自然不用說，連腦袋也轉得很快。應該沒有必要藉助我的力量。

「不用擔心。因為綾小路同學一點也不需要動頭腦。作戰計畫就交給我，你只要付出勞力就

可以了。」

「啥？什麼啊，付出勞力？」

「對綾小路同學來說，點數變多也不會困擾吧？你只要遵從我的指示，我就保證會帶領班級增加點數。這應該不是什麼壞事喔。」

「我是不知道妳有什麼策略，可是妳還是學著去依賴除了我以外的人吧。若是要讓妳交到朋友的話，我是會幫忙啦。」

「雖然很遺憾，但是我想不出D班裡有哪個比你還更好使喚的人才。」

「不不不，這簡直堆積如山的多。妳看，例如說平田之類的。那傢伙的話，在班上吃得很開，頭腦也很好，實在很完美。再加上他也很關心妳在班上被孤立的事情。」

只要由堀北這方伸出手，他們馬上就能成為朋友了。

「他不行呢。他確實擁有一定的才能，不過我無法接受這點呢。沒錯，打個比方的話……就是將棋的棋子。現在我想要的並不是金將或銀將，而是步兵呢。」

這個……她是在說我是步兵嗎？她是這麼說的吧？

「步兵只要努力的話也會成為金將喔！」

「這是個有趣的回答。可是你看起來不像是會努力的人。一直當個步兵也好、不想提昇地位——你不是感覺會這麼想嗎？」

明明才認識沒多久，她居然就能精準吐嘈我。假如我是普通人，內心早就受創了。

「抱歉，我還是沒辦法協助妳。這並不適合我。」

「那麼，等我歸納好想法之後會再連絡你。到時就請你多多關照了。」

我的想法一點也沒傳達給堀北。

從五月第一天開始，轉眼間一個星期就快要過去，來到了星期五。池他們也都默默聽著老師上課。只有須藤似無忌憚地在打瞌睡，不過誰也沒有譴責他。大家似乎是判斷，既然還沒找到能夠加分的手段，就無法對其糾正。

即使如此，大部分同學一天比一天還更疏遠須藤也是不爭的事實。

……我也有點想睡。這堂課過完就是午餐時間了。這段時間還真是難熬。我昨天在網路上看影片，結果就熬夜了。就這樣睡著的話，應該會很舒服吧……

「唔哇！」

正當我昏昏欲睡地點著頭，右手臂忽然傳來強烈的痛楚。

「綾小路，你怎麼突然就大叫。叛逆期嗎？」

「沒、沒有。茶柱老師，對不起。有點灰塵跑進了眼睛……」

剛才的大叫很難判斷究竟會不會被當成私下交談。不過對點數變得敏感的同學們，卻對我傳來斥責的視線。我一邊撫摸著刺痛的部位，一邊惡狠狠地瞪著隔壁同學。堀北只將視線移向我這邊，而手裡握著一把圓規。

她簡直瘋了。說起來為什麼她會常備圓規啊？我想高中課程裡幾乎使用不到。課堂一結束，我就立刻去逼問了堀北。

「有些事情能做，但有些事情是不能做的吧！圓規可是很危險的耶！」

「難不成你在對我生氣？」

「我的手臂可是被開了一個洞耶！」

「你是指什麼？我什麼時候有拿圓規的針刺你了？」

「不對，妳手上不就拿著凶器嗎？」

「難道只因為我拿在手上，你就斷定是我刺的？」

我雖然清醒了，但之後卻痛得無法上課啊。

「小心點。如果你被發現在打瞌睡的話，班上毫無疑問會被扣分。」

堀北為了擺脫D班，已經開始展開行動。向校方抗議的事，想必化為泡影了吧。啊——好痛。可惡，要是下次堀北快要打瞌睡的話，我一定要復仇。

當同學各自為了用餐而打算離席的時候，平田開口說話了。

「茶柱老師所說的考試即將來臨。我想全班同學都了解，假如考不及格，就會立刻遭到退學。因此我想招募參加者來開一個讀書會。」

看來D班的英雄也開始打算做這種慈善事業了。

「如果不認真讀書而考得不及格，那瞬間就代表必須退學。只有這件事情我希望能夠避免。而且，讀書不只能避免退學，也可能會牽涉到點數的增加。如果班級保持高分的話，審查結果應該也會變得比較好。幾個考試成績不錯的同學有試著準備應考對策。所以，我希望不安的人能來參加我們的讀書會。當然，不管是誰我們都很歡迎喔。」

平田目不轉睛地注視著須藤的雙眼，溫柔地如此說道。

「……嘖。」

須藤馬上就別開視線，並雙手抱胸閉上了眼。

自從他拒絕平田在入學當天提議自我介紹的那件事之後，他們兩個的關係就一直很差。

「今天五點開始在這間教室，直到考試為止的期間，我們打算每天都進行兩小時。如果想參加的話，希望你們隨時過來。當然，中途離開也沒有關係。我要說的就只有這些。」

平田這麼說完，立刻就有幾名不及格的學生離開座位，往他的身邊走去。

不及格組之中，沒有馬上跑到平田身旁的，有須藤、池、山內這三個人。除了須藤以外的兩個人，雖然有點猶豫，然而最後還是沒去找平田。我無法確定他們是害怕讓須藤心情變差，或者只是純粹討厭平田受歡迎的模樣。

1

「中午有空嗎？如果可以的話，要不要一起吃飯？」

一到休息時間，堀北就主動過來向我攀談。

「受到妳的邀約還真是稀奇呢。我總覺得很恐怖。」

「並沒什麼好恐怖的。如果吃山蔬套餐就好的話，我也是可以請你。」

那個不是免費套餐嗎……

「開玩笑的。我會好好請客。你想吃什麼喜歡的都可以。」

「我還是覺得很可怕。妳不會是別有企圖吧？」

說起來，堀北說要邀請我吃飯的這件事，本身就可疑得不得了。

突然受到邀約的話，會令人懷疑——我想起來堀北之前這麼說過。

「如果淪落到無法坦率接受他人好意，那你也不配做人了喔。」

「這麼說雖然也沒錯……」

我沒有特別的行程安排，而且既然能被請客的話也好。於是我便和堀北前往學生餐廳。

我挑了價格偏貴的特別套餐，接著占了位子，與堀北一起坐下。

「那麼，我開動了？」

堀北似乎在等待我開動，而定睛看著我。

「綾小路同學，怎麼了？趕快吃吧？」

「喔，嗯。」

好恐怖。她絕對別有企圖。不可能沒有。雖然這麼說，可是我也沒辦法就這樣一直不開始吃，而且冷掉的話也很浪費。於是我小心翼翼地咬了一口可樂餅。

「那我就直接進入正題了。能聽我說幾句話嗎？」

「我有種極度不好的預感……」

當我準備站起來逃跑的時候，堀北抓住了我的手。

「綾小路同學，我再說一次。你能聽我說幾句話嗎？」

「好滴……」

「自從茶柱老師給予忠告之後，班上的遲到確實有減少，連私下交談的次數也都銳減了。即使要說大部分扣分要素都已經消除了也並不為過。」

「是啊，而且這原本也不算什麼難事。」

雖然說不定不會維持太久，但是至少這幾天遠比過去好太多了。

「接下來我們該做的，就是在兩週後即將來臨的考試中，執行能讓同學考取更高分的策略。就像剛才平田同學所發起的行動。」

「讀書會嗎？嗯……這個策略的確可以防止不及格。只不過——」

「只不過什麼？你說得感覺話中有話呢。有什麼問題嗎？」

「沒事，不用介意。但是妳會在意別人也真稀奇啊。」

「本來我是無法想像考試居然會不及格的。但是，世界上就是有那種不管怎樣都會考不及格的沒救學生，這也是事實。」

「妳是指須藤他們啊。妳還是老樣子講話毫不客氣呢。」

「我只不過是實話實說而已。」

這間學校不僅規定不能離開校區，而且也禁止一切對外連繫。既然沒有像補習班的那種設施，那麼最後也只能由擅長讀書的學生，在課外時間額外進行教學的這個策略了。

「平田同學看來會很積極地展開讀書會，所以我就安心了。不過，須藤同學、池同學、山內同學似乎都不會參加讀書會吧？我很介意。」

「那些傢伙啊，因為和平田很疏遠，或者應該說他們之間關係很差。想必不會參加吧。」

「換句話說，再這樣下去他們不及格的可能性很高。然後，為了升上A班，大前提是不被扣分，而蒐集能加分的點數也是不可或缺的吧？我判斷考試成績也可能與加分有所關聯。」

學生們在考試中付出多少努力，就會獲得相應的回饋──會這麼想也很自然。

「難道──妳也想要像平田一樣開讀書會嗎？而且目的還是為了救濟須藤跟池他們？」

「對。你要這麼想也無妨。雖然你應該會覺得很意外吧。」

「看了至今為止的妳的態度，不可能不意外吧。」

儘管如此我自己也不太驚訝。她這麼做應該終究是為了自己，而且我個人不認為堀北是個特別無情的人。

「我明白妳想進入A班的想法了。不過，老實說我認為用一般的手段教須藤他們念書是行不通的。大部分會考不及格的學生，都比一般人還更討厭讀書。況且，妳從第一天開始就和同學保持距離了吧？不會有那種奇怪的傢伙，會想聚集到自認不需要朋友的人身邊喔。」

「所以我不就向你開口了嗎？幸虧你跟他們很親近對吧？」

「啥？……喂，難道說──」

「由你來說服他們的話就省事多了。因為對象是朋友這種可貴的存在，所以你應該沒問題吧？對了，你把他們帶到圖書館，讀書這件事就由我來教。」

「妳別說這種亂來的事啦。妳認為對於走在暢通無阻人生道路上的我來說，能辦到這種就連人生勝利組也會臉色發白的行為嗎？」

「這不是辦不辦得到的問題。你就是得去做。」

我是妳養的狗還是什麼嗎？

「堀北，要以A班為目標是妳的自由，但別把我牽扯進去。」

「我請的午餐，你吃下去了吧？特別套餐真豪華，真是太棒了呢。」

「我只是坦率地接受了他人的好意而已。」

「很遺憾，但這並不是『好意』，而是『別有用意』喔。」

「我完全沒聽說耶……好，那麼我也請妳同點數的東西，這樣就抵銷了。」

「我自認沒有落魄到要讓人請客，所以我拒絕。」

「現在或許是我第一次對妳感到憤怒……」

「所以你打算怎麼做？協助我？或者與我為敵？」

「這感覺就好像是妳拿槍抵在我的額頭上，並威脅我去做耶……」

「並不是『好像』，實際上這就是威脅呢。」

這就是堀北所說的「暴力的力量」嗎？確實很有效率。

唉……如果只是要協助召集的話也沒什麼關係……吧？

因為堀北沒交朋友，事實上應該最不擅長這種事情。

再說，須藤和池他們也是我好不容易才交到的朋友。我不想要他們一下子就被退學。

正當我在猶豫該怎麼辦的時候，堀北又更加對我說道：

「你和櫛田同學串通，並說謊把我叫出來的事，我可是還沒打算原諒你喔。」

「妳不是說不會責怪這件事嗎？事到如今才在翻舊帳，也太狡猾了吧。」

「那是對櫛田同學說的，我不記得我有原諒你。」

「唔哇，真是卑鄙……」

「你要是想將功贖罪就得協助我。」

看來從最開始我就沒有退路了。

堀北似乎留下了這個材料想讓我幫忙，不過能趁這個機會一筆勾銷也好。

「我不保證能成功找齊大家喔！這樣也沒關係嗎？」

「我相信如果是你，就能夠把大家找齊。這是我的手機號碼及郵件地址。有什麼事的話，就用這個連絡。」

我以料想不到的形式，首次在高中生活裡取得女生的連絡方式。

雖然是堀北的……我、我才沒有很開心呢。

2

我環視了教室一圈。那麼，我該怎麼做啊？

放學後要不要一起念書？——如果我說出這種話，有誰會跟過來呢？

我和須藤以及池他們的關係，已經發展到偶爾能一起吃飯的程度。可是這群傢伙和讀書完全扯不上關係……雖然知道沒希望，但還是姑且問看看吧。

「須藤，能打擾一下嗎？」

我向午休時間回到教室的須藤搭話。他流了一些汗，呼吸也稍微急促。說不定他連午休都努力地在練習籃球。

「這次的期中考，你打算怎麼辦？」

「這件事啊……不知道啦，我又沒認真念過什麼書。」

「喔，這樣啊。那我正好有個好辦法喔。我想從今天起每天放學後都開讀書會。你要不要參加？」

須藤張著嘴巴，思考了一下。

「你是認真的？我連學校的課程都覺得麻煩了，放學後卻還要讀書，要我怎麼讀得下去啊。而且我還有社團活動，沒辦法啦。最重要的還是由你來教？你成績沒有很好吧？」

「這點就放心吧，要教的人是堀北。」

「堀北？我對那傢伙不是很了解啊。我覺得很可疑，拒絕。只要考試前熬夜抱個佛腳，總會有辦法吧。你可以走了。」

須藤果然馬上回絕了讀書會。我雖然有試著纏著他，但他完全聽不進去。

可惡，沒用嗎？我要是繼續扒著他不放很可能會被揍。沒辦法，還是先從稍微容易攻陷的傢伙開始吧。我向正在一個人玩著手機的池搭話。

「池，那個——」

「不了！我聽見你對須藤說的話了。讀書會？我不喜歡那種東西。」

「你知道如果考不及格，就會被退學嗎？」

「我確實經常考試不及格啦，不過大致上都熬過來了呢。非得加油的時候，我會再跟須藤一起熬夜抱佛腳，把書背一背的。」

池認為只要拿出決心就沒問題，而不把考試放在眼裡。他對退學並沒有抱持危機感。

「如果上次的不是突襲小考，我就會考四十分左右了。」

「我知道你想說什麼，但是就怕會有什麼萬一吧？」

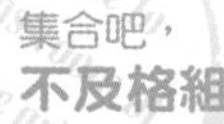

「放學後的時間對高中生來說可是很寶貴耶。我讀不下書啦。」

池用手驅趕我，對我說「你可以走了」。他正在用手機專心地跟班上女生聊天。自從得知平田交到女朋友之後，池就拚命地想交女朋友。我故意垂頭喪氣地回到自己的座位。這是一個傾訴「雖然努力過卻還是辦不到」以博取原諒的作戰。

「真沒用。」

「……我剛才聽到了喔。妳說什麼？」

「我說你真是沒用。你該不會那樣就要說結束了吧？」

可惡——明明是在拜託別人做事情，真是多麼不要臉的傢伙啊。

「怎麼可能啊，我可是還留有四百二十五招。」

我坐下來環視教室。與課堂上的緊繃感相反，午休裡的教室洋溢著輕鬆的氣氛。總而言之，就是很嘈雜。

這個方法，必須能讓討厭念書的人去念書。而且還不是在課堂上，而是要利用放學後的自由時間來看書。雖然一般來說被拒絕也是理所當然，可是對方正遭受著退學危機。

只要有個契機，就算是剛才表示拒絕的須藤也應該會來參加。

既然如此，剩下的也只能準備誘餌了。要讓他們覺得——只要讀書就會發生這種幸運的事情。可以的話，要既具體又容易理解。再來，最好是能夠迅速獲得成效。

——我想到了！

上天的啟示翩然降臨。我睜開雙眼，轉身面向堀北。

「雖然堀北妳的職責是教他們讀書，但是要引誘須藤和池他們念書並不容易。為了這件事，我需要妳，幫忙我吧。」

「除此之外的力量？我就姑且聽你說說……我該做什麼才好呢？」

「例如這種的如何？如果在考試裡獲得滿分，就能和堀北交往。這麼做的話，那些傢伙一定會上勾喔。男人的動力不論何時都是女孩子。」

「你想死嗎？」

「不，我想活下去。」

「我以為你應該有認真思考才會聽你說話。我還真是個笨蛋啊。」

不，我真的認為這種事會比想像中還要奏效。總覺得這大概會促使他們以這輩子的最大力量去勤奮讀書。然而，堀北卻完全無法理解這種男人心。

「那麼，就是那個了。一個吻。只要考滿分就能獲得堀北的香吻。」

「你果然還是想死嗎？」

「我、我還想要活下去。」

堀北快速地將俐落的手刀抵在我的脖子上。可惡，堀北果然絕對不可能會同意這類的獎勵啊。效果明明就非常好。沒辦法，只好重新思考了。

這時，我注意到教室中有個特別顯眼的存在。這個人物與平田不太一樣，並且擁有著團結班級的可能性。她就是櫛田桔梗。

外表當然不在話下，總之她就是非常開朗活潑。她有著不分男女、無論對象是誰，都能與其輕鬆閒聊的社交手腕。事實上池也打從心底喜歡著櫛田，而且須藤他們也沒有對她抱持什麼壞印象。另外，櫛田的考試成績相較之下應該也比較高。這個重大任務正好適合她。

「喂——」

要不要拉櫛田過來加入我們？——我才正要這麼說就打消了念頭。

「什麼事？」

「不……沒什麼。」

這傢伙基本上很討厭與人有所瓜葛。上次我和櫛田的「朋友作戰」就讓她相當生氣了。這次的讀書會，堀北一定不會准許沒考不及格的櫛田參與其中吧。我就暫時將這件事保留到放學，等堀北回去宿舍之後再執行吧。

轉眼間就到了放學時間。堀北馬上就出了教室回去宿舍。應該是要去濃縮考試範圍給讀書會使用吧。那我就開始去逮住櫛田吧。

「能打擾一下嗎？」

我向正準備回家的櫛田搭話。對於意想不到的訪客，她歪著頭表示納悶。

「綾小路同學居然會來找我說話，還真是稀奇呢。找我有什麼事情嗎？」

「嗯，如果方便的話能借點時間嗎？我想在教室外跟妳說點話。」

「我待會兒要和朋友出去玩，所以沒有太多時間……不過可以喔。」

櫛田完全沒表現出不情願，而且一臉笑容地跟了過來。

被我帶來走廊角落的櫛田，看起來很興奮，等待我開口。

「櫛田，感到高興吧。妳被選為親善大使了。從今以後妳就為了班級奉獻力量吧。」

「咦、呃——？不好意思，這是什麼意思呀？」

如此這般，我向櫛田闡述為了救助須藤他們而想開讀書會的緣由。

當然，我也告訴了她，要教書的人是堀北。

「我想妳或許也能透過這個讀書會和堀北增進關係。」

「我是很想增進關係……不過不用擔心喔。幫助碰到困難的朋友，不是理所當然的嗎？所以我會幫忙喔。」

這傢伙人也太好了……看來她想阻止池和須藤他們被退學。

「真的可以嗎？妳不喜歡的話，我也不強迫喔。」

「啊，抱歉。我剛才的停頓並不是不喜歡的意思。我只是因為……很開心。」

櫛田靠在走廊的牆上，並輕輕瞪了一腳。

「只要考得不及格就得退學，還真是過分呢。好不容易和大家成為朋友，卻要因為這種事情而分開，這不是非常討厭嗎？在這種時候，聽見了平田同學說要開讀書會。我真的很佩服他耶。不過，堀北同學似乎比起我還更加關心周遭呢，因為她有在注意須藤同學他們。所以就覺得堀北同學也有好好地在替班上以及朋友著想呢。如果我能幫得上忙，我什麼都願意做喔！」

櫛田牽起我的手，並綻放出笑容。唔哇！超級可愛的！

不過現在可不是興奮的時候。我的目標是成為一個與世無爭的男人。於是我裝模作樣地故作冷靜。

「那麼，萬事拜託了。有櫛田在的話我就放心了。」

看見這張笑容，怎麼可能有男人的心不被融化——依意義不明的根據。

「啊，不過能答應我一個請求嗎？我也想參加那個讀書會。」

「啥？這樣就可以了？」

「嗯，我也想和大家一起讀書嘛。」

這正合我意。有櫛田在的話，應該也能為往往很沉重的讀書會帶來療癒吧。雖然這並不是完全不會產生問題，不過，這部分也不關櫛田的事。

「那麼，讀書會從什麼時候開始呢？」

「姑且是以明天能夠開始在進行準備。」

由堀北準備——我在心中加上這句話。

「這樣呀，那得在明天之前和大家說呢。我等一下會去連絡的。」

「啊，我告訴妳須藤他們的連絡方式吧。」

「沒問題喔～因為他們三個的我都知道了。我在班上還沒登錄手機號碼的，就只有綾小路同學和堀北同學而已……」

我都不知道這件事……話說回來，為何只剩下我和堀北？

「我就坦白問嘍，你們兩個是不是已經在交往了？」

「這、這是哪來的消息啊。我和堀北只是朋友……不對，只是隔壁鄰居而已。」

「在班上的女生之間有很多傳言了喔。堀北同學不是總是一個人嗎？但是好像卻只跟綾小路同學的關係很好，而且也會一起吃飯。」

嗯～回過神來，女生們之間也開始產生謠言了啊。

「很遺憾，不過我和堀北之間完全沒有那種甜蜜的情節。」

「那麼，這就表示沒問題了吧？請和我交換連絡方式。」

「樂意之至。」

於是，我就這樣獲得了第二名女生的連絡方式。

4

晚上，當我在房間裡發呆的時候，手機收到了一則訊息。是櫛田傳來的。

『山內同學、池同學都說ＯＫ了喔(･ω･)b』

「好快。」

話說回來，池這傢伙才拒絕了我的邀約，卻馬上就轉變了態度啊。對男人而言，女孩子的存在果然很重要呢。畢竟一般都說色慾能讓人發揮無限的力量嘛。

『我也正在和須藤同學連絡，情況感覺還不錯(^ω^)』

訊息又傳來了。哦～如果照這個步調，也許明天真的能集合大家。

這種比想像中還要迅速的發展，讓我判斷應該要在這個時間點將消息傳達給堀北。我將櫛田協助我們的事，以及池和山內已經因為櫛田的影響力而參加，外加櫛田也會一起來的事大略寫下，並將信件寄給堀北。

「那麼我就去洗個澡吧。」

當我正從床上站起來的時候，堀北馬上打了電話過來。

「喂？」

『……喂，我無法理解你的意思。』

「什麼啊，什麼叫無法理解我的意思。我認為已經寫得很簡潔了喔！太好了呢，包含須藤在內的三個人大概都能找齊了。」

『不是這個，我是指櫛田幫忙的這件事。我可沒聽說過。』

「這是我剛剛決定的。深受同學信賴的櫛田要是能夠幫忙，會遠比我去勸說還更有可能召集大家。而實際上須藤和池他們也接受了，不是嗎？」

『我不記得我有允許過這種事。再說她又沒有考不及格。』

「我說啊——與其讓我去召集，不如讓擁有班級社交網的櫛田加入，還會大幅提昇成功機率。我單純是採取了機率高的手段而已。」

『……我無法接受呢。你也應該得到我的允許之後再去做吧？』

「我知道妳很討厭像櫛田那種積極的人，但是，這是為了避免不及格的手段吧？還是說，妳

要從現在開始用土法煉鋼的方式再去找齊不及格組？」

『這……』

堀北的心裡應該也明白有櫛田的幫助會更好。

礙於自尊心作祟，才使她拉不下臉。

「距離考試也沒多少時間了。可以吧？」

如果這麼說，就算是堀北應該也能理解已經沒有充裕時間了。儘管如此，堀北心中卻好像還有什麼地方無法釋懷，並沒立刻做出決定。短暫的沉默降臨我們兩人之間。

『……我知道了。為了顧全大局，目前也別無他法了。但是，我只允許櫛田同學幫忙找齊不及格組。我無法同意讓她來參加讀書會。』

「……不，所以我說啊，這個是櫛田幫忙的條件啦，妳別說這種胡鬧的話。」

『我不會同意櫛田同學和讀書會本身扯上關係。這件事情不會改變。』

「難道這是因為那個嗎？是之前我和櫛田把妳騙出來的關係？」

『那個和這件事無關。她不屬於不及格組。我判斷讓閒雜人等加入只會更加費事以及徒增混亂。』

這姑且算是說得過去，不過我怎麼樣也不認為只有這些理由。

「妳似乎明顯討厭櫛田？」

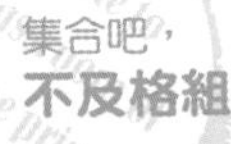

『你把討厭自己的人放在身邊，難道不會不舒服嗎？』

「咦？」

我一瞬間無法了解堀北所說的意思。

櫛田毫無疑問地比誰都還更想了解堀北，並且想和她成為朋友。

我實在不覺得這樣的櫛田會討厭堀北。

「要是因為櫛田沒來導致無法成功湊齊大家，妳打算怎麼辦啊？」

『……不好意思，濃縮考試範圍比想像中還更耗時間。我似乎還需要再花一些時間，所以差不多該掛了。晚安。』

「啊，喂……」

堀北單方面地將電話掛掉。她討厭與人交涉到這種程度也太過頭了吧。然而，既然她的目標是升上A班，那也有必要妥協。

我掛掉手機，插上充電器，並將它放置到桌上，接著躺在床上。

我回想起從考到這間學校，直到今天為止所發生的種種事情。

「瑕疵品……嗎……」

入學典禮那天，印象中二年級的學長是這麼對我們說的。

瑕疵品用英文來說，就是Defective product。

那是拿來嘲笑我們D班學生的說法吧。說不定乍看之下很完美的堀北，也擁有著缺陷。藉由今天的事情，我不由得了解到了這點。

「該怎麼辦啊……」

要就這樣硬幹嗎？但是這種狀況，也可能會導致最壞的發展，那就是堀北的脫離。負責教書的堀北要是脫隊，那就會完全浪費掉大家的時間。

我就這樣抱持著沉重的心情，決定在手機撥出櫛田的號碼。

『喂──？』

電話被接起時伴隨著「呼──」的強勁風聲，隨後風聲立即轉弱，直到消失為止。

『抱歉，你聽到了呀？我正好吹完了，所以沒關係。』

「難不成妳剛才在吹頭髮？」

櫛田剛洗好澡啊……現在可沒有閒功夫去做那種無聊的妄想。

「呃，那個……雖然這非常難以啟齒……我今天說的召集不及格組的事情，妳可以當做沒發生過嗎？」

『…………呃，這是為什麼？』

櫛田在短暫沉默之後如此回答。與其說是生氣，不如說是想知道理由的樣子。

「抱歉，我無法說得很詳細，但情況變得有點複雜了。」

『這樣啊……堀北同學果然反對我加入呢。』

我一點也不記得自己有流露出這種氣氛，櫛田卻透過電話看穿了這點。

「這和堀北無關，是我自己發生了一些失誤而已。」

『不用隱瞞也沒關係喔～我並沒有生氣喲。堀北同學好像很討厭我，所以我覺得會被拒絕也沒辦法。而且我也能想像得到這種事。』

這就是女人的直覺嗎？

「總之，真是抱歉。妳明明都特地幫忙我們了。」

『不，綾小路同學不用為這件事情道歉喔。只是呢……那個，我不覺得光靠堀北同學就能找齊須藤同學他們呢。』

這個部分即使我想否認也非常困難。

『欸，堀北同學對你說了些什麼呢？連我召集人員也反對嗎？還是說，她是不想讓我參加讀書會呢？』

她的說詞精確到就算說她當時在場聽到我和堀北的通話內容也不令人訝異。

「……是後者。害妳心情很不好吧，抱歉。」

『啊哈哈，我想也是呢。所以我就說了，綾小路同學不用為這件事情道歉喲。你看，堀北同學不是有種難以親近的氣質嗎？所以我想這種事也會發生。』

即使如此，她也太敏銳了。

『不過，我是以「我也會參加」的這個理由，才讓大家同意呢……我既然都邀請了，也沒辦法說謊告訴他們我不能參加吧？如果我現在寄出信件事先通知大家，堀北同學大概就真的會被所有人討厭了呢……』

我對櫛田稍微產生了恐懼感。雖然這並沒有什麼根據。

『這次能不能交給我？』

「交給妳？」

『我明天會把大家帶到堀北同學身邊。當然我也會去喔。』

「這——」

『沒問題啦。好嗎？還是說，綾小路同學現在就能解決一切的問題？有除去我，讓大家集合，並且讓他們認同堀北同學的方法嗎？』

很遺憾，但這幾乎是不可能的吧。

「……我知道了。那就交給妳了。但相對的，要是發生什麼事我可就不知道了喔。」

『沒關係。綾小路同學不用負任何責任。那麼就明天見嘍。』

我結束了與櫛田大約幾分鐘的通話。我真是連想都沒想過，這居然會比起跟堀北對話還要累人。那傢伙雖然說沒關係，但真的沒問題嗎？

堀北無論對象是誰，只要是不接受的事情，她都會極力地去爭辯。現在的情勢明顯一觸即發。我雖然感到不安，但還是決定走向浴室。

一想到明天——算了，我還是別再想這種憂鬱的事。

反正再怎麼煩惱，明天也還是會到來，也還是會結束。船到橋頭自然直。

5

堀北從早上開始就很不開心，滿肚子火。如果她是以鼓起臉頰、臉氣得紅通通，或者可愛地不斷搥打男性的胸膛，這種可愛的生氣方式來表達，那該有多好啊。

即使我向她攀談，她也始終不發一語、面無表情。簡直就把我的存在當做空氣。

但是當我也打算轉過身無視她的時候，卻會聽見她拿出圓規的聲音。真是太惡劣了。接著，漫長的一天結束，放學時間終於到來。

「該來參加讀書會的人都找齊了嗎？」

她今天說的第一句話就是讀書會啊。而且還故意用了耐人尋味的說法。

「……櫛田會幫忙集合大家。今天起大家應該都會參加吧。」

「櫛田同學嗎……你有好好告訴她別來參加讀書會嗎？」

「說了。」我如此回應，堀北像是理解了，並催促著我前往圖書館。快要離開教室之前，我往櫛田的方向傳遞眼神，她便非常可愛地向我眨了眼。

我們在圖書館邊緣的長桌占了一個角落，等待著不及格組。

「我把人帶來了喲～！」

櫛田來到了坐著等候的我和堀北身邊。而在她身後的是——

「我聽小櫛田說要開讀書會。我也不想才剛入學就被退學呢，請多指教啊——」

是池、山內，以及須藤這三個人。然而，卻有個意想不到的訪客。是一名叫做沖谷的男學生。

「咦？沖谷有考不及格嗎？」

「啊，沒……沒有。雖然是這樣……那個，因為我這次考試差點不及格，所以很擔心……不行……嗎？我有點難以加入平田同學那群人……」

沖谷可愛地紅著臉，並抬起頭這麼對我說。在他纖細的身體之上，有著一頭蓬鬆的藍色鮑伯短髮。若是對女生沒有免疫力的男生，或許會不小心喊出「你可愛成這樣，小心我愛上你喔！」。要是這傢伙不是男人，就危險了。

「讓沖谷同學參加也沒關係吧？」

櫛田向堀北進行確認。沖谷的分數應該是三十九分，是為了保險起見才想參加吧。

「如果是擔心不及格的學生，那沒關係。不過必須認真學習。」

「嗯、嗯！」

沖谷看起來很開心地坐到了位子上，而櫛田打算坐在他的隔壁。但是堀北是不會看漏的。

「櫛田同學，綾小路同學沒和妳說嗎？妳是——」

「其實我好像也會考得不及格，所以很不安呢。」

「妳……之前的小考成績應該不差吧。」

「嗯～其實那應該算是碰巧的吧。不是有很多選擇題嗎？我大部分都是亂猜的喔。事實上相當驚險。」

櫛田可愛地嘿嘿笑，並用食指搔了搔臉頰。

「我覺得自己應該和沖谷同學差不多，或者比他再差一些。所以我想要參加讀書會，好好地避免不及格。可以吧？」

該說她很大膽嗎？我對於櫛田出其不意的策略掩藏不住驚訝。這是在確認堀北同意讓沖谷加入後，所進行的反擊。如此一來，堀北也不得不同意了。

「……我知道了。」

「謝謝。」

櫛田笑著對堀北鞠躬，並坐了下來。說不定沒有考不及格的沖谷會在這裡，也全是櫛田的作戰。她漂亮地替自己製造出能參加的正當理由。

「未滿三十二分就是不及格，那三十二分就算是出局了嗎？」

「因為是用『未滿』，所以有三十二分就安全了。須藤，你沒問題吧？」

就連池都在替須藤操心了。不過，至少他還是想讓須藤知道「以上」跟「未滿」的差別。

「不管及格標準是哪個都無所謂。因為我要在座的各位都以五十分做為目標。」

「啊？要達到那種程度會相當辛苦吧？」

「為了低空飛過門檻而念書是很危險的。假如不能輕鬆超越門檻，到時候要是發生了意外，困擾的也是你們自己喔。」

不及格組以及其後補，勉強遵從了堀北正確的論點，並點了點頭。

「我試著把這次的考試範圍在某種程度上整理在這邊了。我打算在考前這兩週左右，徹底地把你們教會。如果有不懂的題目，就來問我。」

「……喂，第一題我就看不懂了。」

須藤用近乎瞪著的方式盯著堀北。而我試著將題目念了出來。

「A、B、C三個人總共持有兩千一百五十圓。A比B還要多一百二十圓。假設C將五分之二的錢交給B，那麼B就會比A還要多兩百二十圓。請問A一開始有多少錢？」

這是聯立方程組的問題吧，高中生足以解開這種題目。做為第一題也還說得過去。

「稍微動腦筋想看看吧。如果從一開始就放棄思考，可是無法前進喔。」

「就算你這麼說……我對讀書也完全沒轍啊。」

「真虧各位考得上呢。」

校方並非只以考試成績來判定入學合格與否。須藤應該是被評定有很優秀的體育能力吧。如此一想，如果因為考試不及格而被迫退學，那他怎麼忍受得了呢。

「唔，我也不會……」

池也非常苦惱地抓著頭。

「沖谷同學會嗎？」

「嗯……A加B加C是……兩千一百五十圓……A等於B加一百二十……然後……」

喔，真不愧是避開不及格的沖谷，他開始寫起聯立方程組了。

櫛田則在旁關心著沖谷解題。

「嗯嗯，沒錯沒錯。接著呢？」

與其說櫛田很大膽，不如說她相當挑釁。說自己差點不及格，卻還在教沖谷讀書。

「老實說，這種問題就連國一、國二生依據不同解法也能夠解開。如果在這裡就失敗，可是無法繼續前進的。」

「妳是說我們連國小生都不如……？」

「不過，應該就像堀北同學所說的，我們要是在這裡失敗就糟糕了。小考裡數學第一題的難度大約是這樣，但是最後的題目很困難，我也不會解呢。」

「聽好了，這題利用聯立方程組，就能輕鬆地求出答案。」

堀北毫無猶豫地揮起筆來。很遺憾的是，看得懂算式的人也頂多只有櫛田和沖谷。

「說起來，所謂聯立方程組是什麼啊……」

「……你不是在開玩笑吧？」

他們之前應該過著與念書相當無緣的生活。須藤把自動筆扔到了桌上。

「不行了，我放棄。這種事我怎麼做得下去啊。」

明明才剛讀沒多久，須藤他們就宣布了放棄。

堀北看見他們這麼沒出息，在一旁靜靜地累積怒氣。

「等、等一下嘛，各位。再稍微努力看看嘛。只要明白解題方式，剩下的就是運用了，而這應該也能在考試中派上用場。好不好？好不好？」

「……唉，如果小櫛田都這麼說了，我也是可以再努力看看啦……是說，假如能讓小櫛田來教的話，或許我能稍微更努力一些。」

「呃，這個……」

堀北對為徵詢意見而撇向自己的櫛田保持沉默。她不論是ＹＥＳ還是ＮＯ都沒有回答。這是最令人困擾的發展。然而，要是長時間維持沉默，不及格組很有可能會放棄念書。於是櫛田下定了決心，把自動筆拿了起來。

「這裡呢，就像堀北同學所說的，是個需要利用聯立方程組的題目。所以，我先把剛才說的部分試著用算式寫出來喲。」

櫛田這麼說完，就將三行方程式一次列完。雖然不及格組看起來是有在努力，可是對於沒理解基本原理的他們來說，即使列出了解題算式給他們看也沒用吧。這個有名無實的讀書會，實際上就像是課後輔導。大部分的學生都沒辦法跟上這種籠統的學習方式。

「所以，答案是七百一十圓。怎麼樣呀？」

這個運算過程對她本人來說應該很滿意吧。櫛田浮現笑容，看向須藤。

「……咦，這樣答案就出來了嗎？為什麼啊？」

「唔……」

接著，她便深切理解到沒有人能跟上她的說明。

「我並不打算否定你們，但是你們也未免太無知、太無能了。」

保持沉默的堀北，終於開口說話了。

「連這種問題都解不開，我光是想像你們未來該怎麼辦，就覺得毛骨悚然了。」

「吵死了，這跟妳無關吧！」

須藤拍了桌子。他果然對堀北的說法感到憤怒了吧。

「這確實與我無關。你們就算再怎麼痛苦，對我也沒有影響。我只會感到很同情。你們至今為止的人生，應該也是一直在逃避著辛苦的事情吧。」

「妳還真是暢所欲言啊。讀書對將來根本一點用也沒有。」

「讀書對將來沒用？這話還真有意思。我真想知道你有什麼根據呢。」

「就算不解開這種題目，我也從來沒因此而煩惱過。根本就沒必要讀書。與其咬著課本不放，不如以職業籃球為目標，對將來還比較有幫助。」

「這是不對的。能夠像這樣逐一將問題解開，才會讓至今為止的生活產生變化。也就是說，如果有讀書的話，是有可能讓自己過得更輕鬆的。就算是籃球，道理也相同。你一定也是只挑對自己有利的球規在打球吧？而對於真正需要苦練的部分，你是不是也就像讀書這樣轉身逃跑呢？我不認為你會認真練習。最嚴重的還是你那種破壞周遭和諧的性格。如果我是顧問的話，就不會讓你成為正式球員。」

「——！」

須藤一站起，就衝去抓住堀北的衣襟。

「須藤同學！」

櫛田比我動作還快，馬上就站起來抓住了須藤的手臂。

堀北就算被須藤威嚇，表情也完全沒有變化，只以冰冷的眼神看著他。

「我對你雖然完全不感興趣，不過只要一看就大概知道你是怎樣的人了。以職業籃球為目標？你以為這個世界能這麼輕易讓你實現那種幼稚的夢想嗎？像你這種馬上就半途而廢的人，是絕對無法成為職業選手的。不過，假設你成為了職業選手，我也不認為你能獲得理想的年收入。當你以這種不切實際的職業做為志向的時候，你就已經是個愚蠢的人了。」

「妳這傢伙……！」

須藤很明顯就快要控制不住自己了。要是他真的打算揮拳，我也不得不衝出去壓制須藤了。

「你現在就馬上放棄學業……不，是現在就馬上自己去退學，好嗎？然後捨棄職業籃球這種無聊的夢想，去找個打工，一面過著悽慘的生活吧。」

「哈……正合我意，我就不幹了。這只會讓自己辛苦而已，不是嗎？虧我還特地跟社團請假過來這裡，完全是浪費時間。再見！」

「你說得還真是可笑。讀書本來就很辛苦。」

堀北仍然繼續追擊。要是沒有櫛田，須藤說不定真的會對堀北動手。須藤掩飾不住煩躁，開始將課本收到書包裡。

「喂，這樣好嗎？」

「沒關係。理會這種沒幹勁……而且資質差到這種地步的人，也只是白費力氣。這明明就關乎著退學。他們對於學校根本也沒有絲毫執著吧。」

「像妳這種連半個朋友也沒有的人說要開什麼讀書會，我早就覺得很奇怪了。反正妳把我們叫出來，也只是為了要愚弄我們吧。妳要不是女的，我早就扁妳了。」

「你只是沒有打我的勇氣吧？不要把問題歸咎於性別。」

讀書會才剛開始，卻已經支離破碎地瓦解掉了。

「我也不幹了。總覺得，雖然一方面也是因為我跟不上進度……不過老實說這樣很令人火大。堀北同學的頭腦或許很好，但如果她這麼瞧不起人，我也沒辦法再繼續下去了。」

池似乎也無法忍受地放棄了。

「如果被退學也無所謂，那就請便吧。」

「關於這點，我會熬夜惡補。」

「這話還真有趣。你不就是自己沒辦法念，所以現在才會在這裡嗎？」

「……」

連平常油腔滑調的池，也因為堀北那帶刺的說法而表情僵硬。接著，就連山內也開始將課本收拾到書包裡了。沖谷煩惱到最後，也無法抵抗這種氣氛，於是站了起來。

「大、大家……這樣真的好嗎？」

「走吧，沖谷。」

池和不知所措的沖谷一起離開了圖書館。

留在現場的就只剩我和櫛田。而連櫛田好像也已經忍無可忍了。

「……堀北同學，妳要是這樣，不管是誰都不會想一起讀書喔……？」

「我的確錯了。如果這次教這些人念書，就算讓他們順利避開了不及格，下次也馬上會陷入同樣的窘境。如此一來又得重複相同的行為。然後，最終就會這麼挫敗。我深深了解到這件事實在是既沒成效又多餘。」

「這些話……是什麼意思……？」

「我的意思是這些扯後腿的人，最好趁現在離開會比較好。」

這就是堀北得出的結論。只要沒有不及格組，就不必花費心力教他們讀書，而且班級的平均分數也會上升。

「這種事情……欸，綾小路同學。綾小路同學也說點什麼呀。」

「如果堀北做出這種結論，那這樣也沒關係吧？」

「綾、綾小路同學，連你也說出這種話嗎？」

「嗯，我不至於想拋下那些傢伙，但我本身不是教書的料，所以也無能為力。到頭來也和堀北沒什麼兩樣。」

「……這樣啊，我知道了。」

櫛田的表情罩上一層陰影，拿著書包便站了起來。

「我一定會想辦法的。我絕對不要這麼早就和大家分別。」

「櫛田同學，妳是真心這麼想的嗎？」

「……我不想對須藤同學和池同學他們見死不救。難道我不能這麼想嗎？」

「妳如果是發自內心這麼說的話，那就沒關係。但我不認為妳是真心想要幫助他們。」

「什麼啊，我不懂妳的意思。為什麼堀北同學能這樣毫不在乎地說出這種樹敵的話？這樣子……我很傷心。」

櫛田低下了頭，但她像是想打起精神般，立刻就將頭抬了起來。

「……那就這樣吧。兩位，明天見。」

櫛田簡短地留下這句話，連她也站起來走掉了。我們就這樣瞬間回到了最初的兩人狀態。圖書館立刻成了一片寂靜。

「辛苦你了呢。讀書會到此結束。」

「似乎是這樣吧。」

鴉雀無聲的圖書館，安靜得讓人害怕。

「綾小路同學，只有你能理解我呢。或者應該說，只有你比那些無聊的人還要正常一點。如果你需要念書，我可以特別指導你喔。」

「我就不用了。」

「你要回去了？」

「我要去找須藤他們。不知道為什麼想閒聊一下。」

「去接觸說不定就快被退學的人，也不會得到什麼好處。」

「我純粹是不討厭與朋友接觸而已。」

「你還真是自私呢。嘴巴上說是朋友，卻對他們快被退學的事情袖手旁觀。依我來看，這才是最殘酷的。」

這部分我確實無法否認吧。堀北說得沒錯。

讀書這件事，終究還是端看個人能夠付出多少努力。

「我不打算否定妳的想法。妳會瞧不起討厭讀書的須藤，我也不是不能了解。不過啊，堀北。稍微去想像須藤身後所擁有的背景，也是很重要的吧？如果他只是以職業籃球為目標，特地選擇這間學校也沒什麼好處。妳要考慮到他為什麼要選擇這間學校，如此一來才能看見對方的本質，不是嗎？」

「……我沒興趣呢。」

堀北一直看著課本，將我的話當做了耳邊風。

6

我一出圖書館，就追尋著櫛田。我想向她賠罪，並感謝她為了組成讀書會所盡的努力。而且，一般人都想盡可能地和可愛的女孩增進關係吧？

我氣勢高昂地握著手機，將櫛田的名字從連絡人清單裡找出來。雖然這是第二次了，但打電話給女孩子還是會有點緊張。我的耳邊傳來了第二次、第三次的撥號聲。

然而，電話卻完全沒有要接通的跡象。不知道她是沒注意到，還是不打算接。

當我小跑步在校園中漫無目的四處搜尋時，發現了一個跟櫛田很像的背影走進了校舍。現在的時間已經接近六點，除了留在社團的學生，應該已經沒其他人了。如果是櫛田的話，那也有可能是要去見社團裡的好朋友。

我暫且追了過去，要是她已經和別人會合，那就改天再說吧。我這麼想著，便走進了校舍。

我將室內鞋從鞋櫃取出並換上。接著往走廊走，可是卻沒看見櫛田的身影。我心想是不是跟丟了，不過這時卻傳來了細微的腳步聲。

看來她是走上了通往二樓的樓梯。我追了上去。然而腳步聲不斷往上，已經超過了三樓。這上面好像是屋頂吧？雖然中午會開放學生在那裡吃飯，但放學後就會鎖起來，應該無法出去。我一邊覺得奇怪，一邊走上樓梯。考慮到她或許是要和誰碰面，我稍微銷聲匿跡。接著在通往屋頂的樓梯大約中間的地方停了下來。

樓梯上方有人的動靜。

我悄悄地從扶手附近探頭，朝著屋頂那扇門的方向偷看。櫛田一直站在那裡盯著屋頂的門。並沒有其他人的身影。也就是說，她來這裡是為了和人碰面？

如果說是在這種人煙稀少的地方見面……難道櫛田有交男朋友，而且他們正要偷偷幽會？要是這樣的話，如果我繼續在這裡一動也不動，就有可能被她的男朋友包夾。正當我在煩惱該不該折返時，櫛田慢慢地將書包放到了地上。

接著——

「啊——————煩死了。」

我無法想像這種低沉的聲音是由櫛田所發出來的。

「真的好煩。氣死我了。怎麼不去死一死啊……」

櫛田像在唸詛咒咒文般低聲咒罵著。

「自以為很可愛就在那擺架子，反正一定也只是個賤貨。像那種個性的女人，才不可能有辦法教人讀書。」

櫛田口中的生氣對象……是堀北啊。

「啊——糟透了。真是糟透了糟透了糟透了。堀北好煩堀北好煩……真的煩死了！」

櫛田是班上第一的人氣王，而且還是那種願意幫助任何人的溫柔少女。我總覺得自己似乎看見了她的另一個面貌。她應該不願讓任何人看見這種模樣吧。我的腦袋告訴我，要是繼續待在這裡的話會很危險。

然而，在這邊我卻產生了一個不解的疑問。先姑且不論她擁有著另一面，既然她對堀北抱持著厭惡感，那為何還要答應幫忙呢？如果是櫛田，一定早已非常了解堀北的性格及言行。她大可從一開始就拒絕幫忙，或者把讀書會全權交給堀北。選擇明明就有好幾種。

就算硬是勉強自己也要參加的意義究竟是什麼？她是想接近堀北並打好關係？還是想跟某個參加者變得要好呢？

感覺不管是哪個都說不通。假如沒有其他不惜讓她累積壓力也想參加讀書會的理由，那就無法解釋了。

不對……也許最開始就意想不到地存在著徵兆。

我自己雖然沒有想得這麼深入，不過以櫛田的狀態來看，總覺得有一片拼圖似乎是吻合了。

說不定，櫛田和堀北是——

總而言之，我現在得離開這裡。櫛田也一定不想讓人看見她破口罵人的模樣。於是我決定小心翼翼地立刻離開這裡。

鏘！

傍晚時分的學校裡，踹門聲比想像中還更響徹四周，而且意外地非常大聲。櫛田似乎也覺得自己有點做過頭了，身體瞬間僵硬並安靜了下來。然而，就是這件事招來了禍害。櫛田像是想確認有沒有人聽見而轉過頭來。在她的視線前方，略微出現了我的身影。

「……你在這裡……做什麼？」

在短暫的沉默後，我聽見了櫛田冷淡的聲音。

「我有點迷路了啦。哎呀，抱歉抱歉。我馬上就走了。」

我說了一個明顯就是在騙人的謊言，並注視著櫛田。她傳來了我從未見過的強烈視線。

「你聽見了嗎……」

「如果我說沒聽到，妳會相信嗎？」

「也是呢……」

櫛田毫不客氣地走下樓梯。然後，用自己的左前臂靠上我的頸部，把我推到了牆上。這種語氣、行為，全都不是我所認識的櫛田。

櫛田現在的表情，恐怖到連堀北也無法與其相比。

「剛才聽到的事情……你要是和誰講了，我可不會放過你。」

這些話語，冷淡到甚至讓人不覺得是在恐嚇人。

「要是我說了呢？」

「那我就告訴大家我在這裡差點被你強暴。」

「這是莫須有的罪名喔。」

「沒關係，因為這並不是莫須有。」

她的話裡有著不由分說的魄力。

櫛田這麼說完，這次則抓住了我的左手腕，慢慢地將手掌打開。她把自己的手疊在我的手背上，接著便將我的手移往自己的胸口。

柔軟的觸感，透過整個手掌傳了過來。

「……妳在做什麼啊！」

對這種意料之外的舉動，我雖然急著想把手抽開，但是卻被她從正上方按住。

「這樣子你的指紋就黏上去了。證據也有了。我是認真的，知道了嗎？」

「……知道了。我已經知道了，所以放開我的手。」

「這件制服我就不洗了，我會放在房間裡。你要是背叛我，我就把它交給警察。」

櫛田就這樣暫時把我的手給繼續固定住，並且狠狠地瞪著我。

「說好了喔。」

她提醒似的這麼說完，便與我分開並保持距離。

這是我人生第一次摸到的女性胸部。然而，我卻已經不記得那個觸感了。

「喂，櫛田，哪一種面貌才是真實的妳啊？」

「……這種事與你無關。」

「也是……不過，看見剛才的妳，有件事我無論如何都很在意。如果妳討厭堀北，那也沒必要去跟她打交道吧。」

我本來沒打算問這件事情。我也知道要是問了櫛田會覺得很討厭。不過，我還是很在意驅使櫛田這麼做的理由到底是什麼。

「努力讓任何人都喜歡自己是件壞事嗎？你知道這有多困難、多辛苦嗎？你不可能懂的吧？」

「我的朋友很少，所以我也不懂。」

不用說，櫛田從開學起就會找被動的人攀談，還會交換連絡方式，甚至是邀約對方出遊。光是想像，誰都會明白這是件多麼辛苦、費力的事情。

「就算是堀北……堀北同學那種人，我也想要表面上跟她很要好。」

「即使會承受壓力？」

「沒錯。這就是我期望的生活方式。因為這能夠確實讓我感受到自己的存在意義。」

櫛田毫不猶豫地如此回答。她擁有著只有自己才懂的想法以及原則。原來是這麼回事啊。為了遵守這個原則，於是她就拚命地想和堀北打好關係，並不斷地在失敗中嘗試。

「我就趁這個機會告訴你好了。我非常討厭像你這種既陰沉又樸素的男人。」

我迄今都對櫛田抱持著可愛印象。雖然這種幻想已經破滅，不過現在可不是大受打擊的時候。人本來或多或少就會適當地交替使用真心話及場面話。

然而，我覺得櫛田的回答，似乎既是真話也同時是謊言。

「雖然這是我的直覺，不過妳和堀北在進入這所學校以前，應該就認識彼此了吧？」

我如此說出的瞬間，櫛田的肩膀抽動了一下。雖然只有一下子，但我沒有看漏。

「什麼啊……我不懂你的意思。堀北同學有講我什麼嗎？」

「沒有，她和妳一樣，給人的印象都像是彼此初次見面。但是，我也覺得有點奇怪。」

「……奇怪？」

我回想起櫛田第一次前來向我搭話時的情況。

「入學沒多久，妳是聽了我的自我介紹，才記住我的名字的吧？」

「這又如何。」櫛田面無表情地反問。

「既然如此，妳又是在哪知道堀北的名字的？那個時候，那傢伙根本就還沒對任何人報上姓名。要說唯一有可能知道的，也頂多只有須藤。可是妳應該沒有跟他接觸過。」

換句話說，這等於她沒有機會能知道堀北的名字。

「而且妳來接近我，不也是為了探聽堀北的消息嗎？」

「夠了，閉嘴。再跟你講下去我會覺得很煩。我要說的就只有一件事。你能發誓不跟任何人說今天你在這裡知道的事情嗎？」

「我發誓。再說我把妳的事說出去也不會有任何人相信。對吧？」

班上那群人就是如此信賴著櫛田。我們之間簡直如天壤之別。

「……我知道了。我相信綾小路同學。」

櫛田還是繃著臉，不過她閉上眼之後，慢慢地吐了一口氣。

「我有什麼值得妳相信的理由嗎？」

雖然我也覺得自己很多嘴，但話都說出口也沒辦法了。

「堀北同學的個性不是很古怪嗎？」

「嗯，非常古怪啦。」

「她別說是不想和任何人有所瓜葛，甚至還想疏遠其他人。跟我完全相反。」

堀北和櫛田的立場也許確實完全相反。

「而這樣的堀北同學，只對綾小路同學卸下了心防。」

「等一下，只有這點我想立刻修正。她絕對沒有對我卸下心防。絕對沒有。」

「……或許吧。可是，你應該至少比班上任何人都還受她信任。連警戒心這麼強的堀北同學都信任你了。再怎麼說，在同年紀的朋友之中，我也有自信自己接觸過的人是最多的。就是因為這樣，我無論是無聊的人，還是溫柔到令人無法置信的人都相處過了。」

「也就是說，妳是指自己看人的眼光很準？」

「我會說相信綾小路同學，是因為你基本上對別人不感興趣吧？」

我不記得自己有表現出這種態度，但是櫛田好像很有把握。

「這並沒什麼好奇怪的喔。因為你在公車上完全沒有想讓位給老人的跡象。」

原來是這麼回事。這傢伙在那種情況下，就確實掌握了我們的狀況。正因如此，就連該如何去理解讓不讓座，她都辦到了。

「所以我覺得你不會到處亂講。」

「妳如果這麼有信心，那也沒必要特地讓我摸胸部吧。」

「這——該說是因為真的很慌張嗎……我瞬間陷入了恐慌……」

櫛田稍微緩下僵硬的表情，並且轉為焦躁。

「總之，我能把妳認定為可以隨便讓男人摸胸部的婊子吧？」

隨後，她便奮力朝我大腿一踹。我急忙地抓住扶手。

「很危險耶！要是跌下去的話我會受傷耶！」

「誰叫你亂講話！」

櫛田滿臉通紅（不是害羞而是憤怒），並以驚人的氣勢怒喊。

「總之，你等我一下。」

她維持著憤怒的表情如此說道。而我也只能輕輕點頭。

櫛田爬上樓梯，就馬上拿著書包走了下來——並且滿臉笑容。

「一起回去吧。」

「好、好的。」

櫛田的態度驟變，甚至讓我覺得這是否為惡夢一場。我面前的是平常的櫛田。然而，對現在的我來說，實在無法判斷究竟哪個才是真正的她。

7

明天開始D班會變得如何呢？我抱著虛無縹緲的心情，半是覺得事不關己似的看著綜藝節目。手機跳出了群組聊天的訊息。

佐藤加入了群組——螢幕上顯示了這些文字。她好像是班上其中一名很活躍的女生。

『呀呼～我剛才跟池在另一邊聊天，結果被他叫來了這裡。』

我沒打任何字，就只是呆呆地看著朋友們聊天。

『今天的事情我聽說嘍～堀北那傢伙真讓人火大耶，不是嗎？』

『我今天也生氣了。不過須藤那種才叫真正的生氣，我還以為他差點就要揍人了。』

『我要是明天看到她，也許真的就會揍下去。我今天就是氣成這樣。』

『啊哈哈，要是真的揍她問題就大了w這麼做還是太過火了。』

『那個啊，我有件事想要商量。我們要不要明天開始就徹底無視堀北？』

『哎呀，平常被無視的不都是我們嗎（笑）？』

『總覺得要是不給她點顏色瞧瞧，還真吞不下這口氣。乾脆就欺負她，然後把她弄哭。譬如

說把她的室內鞋藏起來。』

『你是小朋友嗎ｗｗｗ不過我或許真有點想看她慌張的模樣呢。』

看來池他們的聊天群組加入了佐藤之後，話題都一直在堀北身上打轉。

『喂，綾小路同學要不要也一起欺負堀北ｗ』

『綾小路迷上堀北了，所以沒辦法吧？』

『你要站在我們這裡，還是堀北那邊？』

大家會對堀北越來越不滿，也是無可奈何的。不論誰被那麼對待，都會覺得很討厭。不過，我完全無法理解為何只有揍人算是太過分，而無視或者藏東西卻能受到容許。不管哪種都等同於霸凌，其中並無善惡之差。

『你已讀了所以是有看到吧？喂——綾小路你要站在哪一邊？』

『我不會站在任何一方。你們就算欺負堀北，我也不會阻止。』

『最狡猾的中立類型出現了ｗ』

『要怎麼理解都無所謂，不過捉弄她只會有壞處喔。要是真的讓學校知道有霸凌問題就麻煩了。只有這件事情，你們還是多注意一點比較好。』

『用這種形式來袒護堀北？笑。』

由於在聊天室中看不見對方的臉，所以態度容易變得比平時還更加強硬。要是面對面的話，池也不會像這樣找我麻煩吧。

大家只是想把堀北當做犧牲品，並感受從中產生的歸屬感、安心感。

再繼續進行這種無謂的爭論，也是浪費時間。我還是迅速結束話題吧。

『櫛田如果聽到這些事情，你應該會被她討厭吧。笑。』

我這麼回覆，並將手機螢幕關上。隨後鈴聲雖然響起，不過我並不予以理會。這樣男生們就不會做些蠢事了吧。而且，佐藤少了池他們的助力，應該也不會做出不謹慎的事情。

我稍微打開房間的窗戶，外面的樹上傳來了蟲鳴聲。嘰——會如此鳴叫的應該是螽斯吧。夜風輕輕吹拂，微微地搖動了窗戶。

入學典禮那天，我和堀北相遇，而且還碰巧同班，座位也在隔壁。回過神來，我已經跟須藤以及池他們成為了朋友。再加上因為徹底中了學校的陷阱，而被打入最底層。堀北為了拯救這種困境而採取了行動，卻因為自己性格的問題而招致更嚴重的孤立。到了如今其他人熱烈地討論著霸凌她的陰暗話題。

我明明應該比誰都還更近地看著，對此卻好像有種飄飄然的感覺。

不對，不能使用「飄飄然」這種字眼。這種心情絕不令人感到舒服。我只是有股隱約的不踏實感。就像無法切身感受到須藤他們要被退學的危機一樣，在我周遭所發生的事件，我仍然覺得事不關己，而且無法感同身受。

『只有愚蠢的人才會不去使用自己所擁有的能力。』

我明明就不願意想起，那傢伙所說的話還是閃過了腦海。

「我果然是愚蠢的人嗎……」

我關上窗，電視傳出了格外刺耳的笑聲。

8

不知為何睡不太著，於是我便起身走出了房間。

我在大廳設置的自動販賣機隨便買了一瓶飲料，並回到電梯前。

「嗯？」

原本在一樓的電梯停到了七樓。我總覺得有點在意，就看向顯示電梯內畫面的螢幕。上面出現了穿著制服的堀北。

「……雖然並沒有躲躲藏藏的必要啦。」

但是我覺得見面很尷尬，所以就躲到了自動販賣機的陰影處。堀北來到了一樓。

她一邊警戒著四周，一邊往宿舍外面走去。我確認她的身影在夜色裡消失之後，就追了上去。然而，正當我要轉彎走向宿舍後方，卻不禁躲了起來。

堀北停下了腳步，在那邊還有另一個人影。

「鈴音，沒想到妳竟然會追到這裡啊。」

我才在想這種時間她會去哪裡，原來是預定和男人碰面啊。

「我已經不是哥哥當初認識的那個沒用的人。我是為了趕上哥哥而來的。」

「趕上……嗎？」

哥哥？雖然堀北的談話對象，因為站在陰暗處而讓我看不太清楚，不過好像是她的哥哥。

「我聽說妳進入了D班。真是跟三年前一樣完全沒任何改變呢。妳只是一直看著我的背影，到現在都還沒發現自己的缺點。選擇這間學校算是失敗了呢。」

「這──這一定是哪裡弄錯了。我一定會馬上升上A班，這樣的話──」

「不可能，妳是到達不了A班的。豈止如此，就連班級也會崩壞吧。這所學校沒有妳所想的這麼簡單。」

「我絕對、絕對會進入A班……」

「我不是說不可能了嗎？妳這個妹妹還真是不聽話。」

堀北的哥哥向前拉近了一步的距離，慢慢地從陰影裡顯現出姿態。

是那個擔任學生會長的堀北。

他的表情絲毫不帶情感，目光則像是在看著不感興趣的事物。

堀北的哥哥抓起她毫無抵抗的手腕，用力地壓到了牆上。

「我即使再怎麼避開妳，也無法改變妳是我妹妹的事實。要是周圍的人知道了妳的事情，丟臉的會是我。馬上給我離開這間學校。」

「我、我做不到……我……絕對會升上A班……！」

「真是愚蠢。我就讓妳像過去那樣嚐點苦頭吧。」

「哥哥──我──」

「妳沒有往上爬的力量及資格。給我好好明白。」

堀北的身體被用力向前拉，雙腳懸空。我的直覺判斷這樣很危險。

在做好會惹堀北生氣的覺悟後，我從暗處衝出，逼近堀北的哥哥。

我在堀北的哥哥察覺我的存在以前，就抓住了他抓堀北手腕的右手手臂，限制住他的動作。

「──你是誰？」

他看見自己被抓住的手，便慢慢地對我投向銳利的眼神。

「綾、綾小路同學！」

「你剛才是想把堀北用力丟出去吧。你知道這裡是水泥地嗎？就算是兄妹，有些事情能做，但有些事情還是不能做。」

「偷聽還真是不可取啊。」

「夠了，把你的手放開。」

「這才是我該說的吧。」

我和堀北的哥哥彼此互瞪。短暫的沉默籠罩著我們。

「綾小路同學，住手……」

堀北吃力地擠出這句話。我從來沒見過這種狀態的堀北。

於是，我不情願地放開她哥哥的手臂。就在這個瞬間，一記速度驚人的裏拳（註：以手背上接近指關節的區塊作為攻擊點的一種出拳招式）撲面而來。我直覺不妙，就將上半身往後仰來迴避攻擊。他的體格雖然纖細，卻做出了這種狠毒的攻擊。然後，他又瞄準了我的要害猛烈一踢。

「好險！」

我明白如果被這種威力擊中，大概一擊就會讓我失去意識。堀北的哥哥稍微露出了疑惑的表情。他吐了一口氣之後，就張開了右手筆直地伸了過來。

我要是被抓到，就會被他摔到地上。我如此直覺，用左手掌像是拍打般地撥掉他的攻擊。

「動作不錯呢。沒想到你能連續避開我的攻擊。而且，你也很清楚我打算做什麼動作。你是學了什麼嗎？」

他終於停下攻擊，並對我如此提問。

「鋼琴跟書法的話，我倒是有學。我國小的時候還曾經拿過全國鋼琴比賽優勝喔。」

「你也是D班的嗎？鈴音，這男人相當特殊啊。」

堀北的哥哥一放開她，就慢慢地轉過身來。

「我和堀北不一樣。我可是很沒用的。」

「鈴音，我真沒想到妳會有朋友。老實說我非常意外。」

「他……並不是我的朋友，只是同班同學而已。」

堀北就像是要否定他哥哥那樣地抬頭望著他。

「看來妳還是老樣子，誤解了高傲與孤獨的意思。還有你，你叫綾小路吧。有你在的話，情況或許會稍微變得有趣一點呢。」

他就這樣從我身旁走過，逐漸消失在黑暗之中。真是名與眾不同的學生會長。那時堀北的樣子很奇怪，就是因為發現了哥哥的關係吧。

「要是想晉升上段班，就拚命地掙扎吧。除此之外，別無他法。」

堀北的哥哥離開之後，四周就被夜晚的寧靜籠罩。堀北在牆邊低頭坐著，一動也不動。我似乎做了件多餘的事情。正當我打算默默返回宿舍，堀北叫住了我。

「你一開始就在聽了……？還是說這是碰巧？」

「呃，該怎麼說呢，有一半是碰巧的。剛才我在自動販賣機買飲料，結果就看見妳往外走。

因為有點在意，於是就追上來了。不過，我本來真的不打算干涉你們。」

堀北又陷入了沉默。

「你哥應該非常厲害吧，殺氣也不是一般的強。」

「他是空手道……五段、合氣道四段。」

唔耶，難怪這麼強。他如果沒有收手，可就糟糕了。

「綾小路同學，你應該也有在練什麼吧，而且段位還非常高。」

「我說了吧？我有學過鋼琴和茶道。」

「剛才你說的是書法喔。」

「……我也有在學書法啦。」

「你考試故意考一樣的成績，又說有在學鋼琴和書法。我真的搞不太懂。」

「成績只是碰巧相同，而且我也是真的有學過鋼琴、茶道，還有書法。」

假如這裡有台鋼琴，我還能彈首〈給愛麗絲〉給妳聽呢。

「讓你看見我奇怪的模樣了。」

「不如說，這讓我知道了原來堀北也算是一般的女孩子，真是太好——沒事。」

她狠狠地瞪著我。

「回去吧。如果讓人看見我們在這種地方，很可能會產生誤會。」

確實如此。男女在半夜獨處，一定會引起奇怪的謠言。

更何況，我和堀北本來就經常被人探聽是不是那種關係。

堀北慢慢起身，並邁步走向宿舍入口。

「那個……妳真的覺得讀書會就算了嗎？」

我認為開口只能趁現在，於是下定決心試著向她搭話。

「為什麼要問這種事情？讀書會原本是我說要開的。這並不是嫌麻煩的你該在意的事情。不是嗎？」

「因為事後感覺不太好。而且妳跟班上那些人之間的關係，也變得有點緊張了。」

「我很習慣了，所以並不在意。而且，平田同學也已經收留了大部分的不及格組。他跟我不一樣，不只會讀書，還擅長與人相處，所以應該會用心教學才對。他應該至少會讓那些人這次越過及格門檻。不過，我則是認為抽時間給總是考不及格的人，也只是浪費時間。到畢業為止這樣的考試將不斷重複。每次都得幫他們避免不及格，實在愚蠢透頂。」

「須藤他們可是和平田保持著距離，我不認為他們會參加讀書會。」

「這是他們該去判斷的，與我無關。況且，如果退學都危在旦夕了，他們也沒辦法抱怨什麼吧。假如就算這樣也不願去依靠平田同學，那也只能被退學了。我的目標的確是把D班升上A班。可是這是為了我自己，並不是為了別人。其他人會變得怎麼樣，都不關我的事。還不如說，

只要在這次考試中捨棄掉不及格組，就只會剩下好學生了，對吧？晉升到上段班也將變得更加容易，簡直正合我意。」

我不覺得堀北有說錯。這場退學危機，畢竟也是不及格學生的錯。可是，對於意外嘮叨的堀北，我無法忍著不繼續說下去。

「堀北，妳這個想法是錯的吧？」

「錯的？我哪裡說錯了？你該不會是要說——對同學見死不救的人不會有未來這種夢話吧？」

「放心吧，我至少還是很了解講這種話對妳不管用。」

「那你為什麼說我不對？拯救不及格組根本就沒什麼好處。」

「好處或許的確很少。不過，這卻能夠防止壞處。」

「……壞處？」

「妳難道認為校方不會料到妳的想法嗎？學校那些人光是我們遲到或上課打混都要扣分了。我們就隨便試試看讓班級出現退學學生吧。妳覺得校方究竟會扣我們多少分數呢？」

「這是——」

「當然，既然校方沒公布消息，那我也沒有任何根據。不過，妳不覺得這很有可能嗎？是一百還是一千分呢？或者也有可能會扣一萬、十萬分。這樣的話，妳想晉升到Ａ班就會變得很困難了吧。」

「遲到或私下交談所造成的扣分，都不會讓分數降到零分以下。趁現在零分狀態把不會念書的學生排除掉還比較好。這不是幾乎等於沒有損害嗎？」

「沒有保證就是這樣吧？而且非常有可能還殘留著潛在的負分。妳真的認為把這種高風險的事情放著不管也沒關係嗎？是說……妳的頭腦這麼好，不可能會沒想到這一點吧。要不是這樣的話，妳根本也不會開口說要舉行讀書會，一開始就捨棄掉不及格組不就好了。」

我覺得自己好像有點情緒高昂，或說是熱血沸騰。也許是因為我擅自認定這傢伙是我的朋友。正因如此，我才不希望她做出草率的決定，而在事後後悔。

「就算有潛在的負分，現在捨棄不及格組，對班上的未來也會有好處。今後要增加點數的時候，你也不想再來後悔當初沒捨棄掉他們吧？現在這個時間點，就算有風險也該這麼做。」

「妳真的這麼想嗎？」

「對，真的。我實在難以理解你拚命想救他們的想法。」

堀北正準備從宿舍入口走去搭電梯，而我抓住了她的手腕。

「怎麼？你還有想反駁的事情？這個問題光靠我們兩個是無法解決的。知道答案的終究也只有校方，所以這只會變成爭論。你可以任意替它做出解釋，而我也同樣可以這麼做。事情就只是這樣吧？」

「妳的話還真多啊。沒想到妳是這麼健談的人。」

「這……這是因為你太難纏了。」

如果是在平常，堀北根本就不會理會我的阻攔吧。

像這樣強行留住她，就算挨了她的猛烈一擊也不奇怪。然而，她卻沒有這麼做。這就證明了堀北自己也認為這樣下去不行，因此才沒甩開我的手。當然，說不定她本人並沒有這種自覺。

「妳還記得我和妳相遇的那天，在公車上發生的事嗎？」

「你是指沒讓位給老人那時的事情對吧。」

「對。當時我在思考讓座給老人的意義。究竟讓還是不讓，哪個才是正確答案。」

「我應該一開始就說了。我是認為沒意義所以才沒讓位。即使回饋老人也不會有什麼好處，而且只會浪費體力和時間。」

「好處……嗎？所以妳是徹底以利害關係來行事啊。」

「不行嗎？人多少都是會打算利害關係的生物。只要賣了商品就會得到金錢，而只要賣了人情就會得到報答。藉由讓座則能夠獲得貢獻社會的愉悅感。不對嗎？」

「不，妳並沒說錯。我也認為人類就是這樣。」

「既然如此——」

「妳如果抱持著這種信念，那就好好地打開看待事物的視野吧。現在的妳因為憤怒及不滿，完全看不見前方的任何事情。」

「你以為你是誰？你難道以為自己擁有足以對我說長道短的實力？」

「不論我的實力如何，在妳無法看見的事情之中，只有一點我能清楚看見。那就是堀北鈴音，這個乍看之下很完美的人所擁有的缺點。」

堀北對此嗤之以鼻，彷彿訴說著——要是我有缺點，你就說說看。

「我就告訴妳吧。妳的缺點就是擅自斷定別人是累贅。不僅一開始就不讓人親近，甚至還把人推開。妳這種瞧不起對方的想法，不就正是妳被打入D班的關鍵理由嗎？」

「……你這樣簡直是在說我和須藤同學他們的地位對等。」

「既然如此，妳能斷言那些人的地位和妳不對等嗎？」

「這種事只要看考試成績就一目了然了。這也正是他們身為班上累贅的證據。」

「須藤他們確實在讀書方面差了妳好幾截。他們再怎麼努力讀書，也很難超越妳吧。可是，這畢竟只是書桌上的事情吧。校方重視的並不只有知識層面。假如校方下次舉行的是運動相關的測驗，就不會是這種結果了，不是嗎？」

「這——」

「堀北妳也擅長運動。即使光看游泳，妳在女生裡也屬於前段，非常出色。不過，當初妳也在場，所以一定知道須藤的運動能力非常優秀。池也擁有著妳所欠缺的溝通能力。假設這次的考

試是以談話做為基準，池就一定會派上用場。說不定扯班上後腿的反而會是妳。這樣妳就會變得沒用嗎？應該不對吧？每個人都會有擅長或不擅長的事物，這才叫做人類。」

堀北打算反擊，從喉嚨發出的話語卻無法成聲。

「……這缺乏根據。你說的話全都只是紙上談兵。」

「既然沒有根據，就得利用現有的資訊來預測結果。妳就好好回想看看茶柱老師所說過的話吧。妳被老師叫到輔導室的時候，她應該是這麼說的：『誰規定學力出色的人就能進入優秀的班級。』從這裡推論出的結果，就是校方也期盼我們擁有學力以外的能力。」

我展開理論左右包夾堀北，然而她卻打算逃跑。我再次追上去，並繞到前方擋住她。如果不這麼做，就會輕易地讓她逃走。

「妳說捨棄不及格組才不會後悔，不過反之亦然。因為失去須藤他們而後悔的日子，也非常有可能會到來。」

我和堀北視線相接。現在，我們不只實際上握著手，連精神上都彼此連結了。我感受得到這些話對她起了作用。

「你才話多呢。這些真不讓人覺得是避事主義者會說的話。」

「或許吧。」

「我雖然很不甘心，不過你說的話大致上都正確。我承認你的話很有說服力，足以讓我改變想法。不過，我確實還是有地方無法理解。就是你的真正意圖。對你而言，這間學校到底是什麼？你是為了什麼才像這樣拚命地說服我？」

「……原來如此，還有這招啊。」

「既然要說服人，要是發言人沒有說服力，再怎麼詭辯也都站不住腳。」

堀北希望知道我為什麼要那麼拚命說服她，還為了不讓須藤他們退學而採取行動。

「我希望你省去至今的場面話，告訴我真正的理由。你是為了點數？還是為了盡可能地往上爬？或者，你只是為了要救朋友？」

「因為我想知道──真正的實力是什麼，平等又是什麼。」

「實力，跟平等……」

「我是為了尋找這個答案，才來這間學校的。」

這些話在我腦中明明都還沒整理好，我卻脫口說出來了。

「你能放開我的手嗎？」

「啊……抱歉。」

當我鬆開稍微緊握著的手，堀北就轉過身來，站在我的正前方。

「我真沒想到自己會敗給綾小路同學你的花言巧語。」

堀北這麼說完，就對我伸出了手。

「我會為了自己而照顧須藤同學他們，並期待留下他們會有利於往後的發展。即使是這種算計的想法也沒關係嗎？」

「放心吧。我不覺得妳會為了除此之外的理由而行動，而且這樣才像妳的作風。」

「那麼我們的契約就成立了。」

我握起堀北的手。

然而，等我明白這是與惡魔簽定的契約時，也已經是之後的事情了。

再次集合的不及格組

轉眼間就到了茶香芬芳洋溢的初夏時節，敬祝各位日益康泰。
高中開學以來，已經經過了一個半月。我過著恰如其分的平穩生活。
「喂，你有沒有在聽人說話？你的腦袋沒問題吧？」
堀北很沒禮貌地把手掌貼在我的額頭上，接著再貼回自己的額頭。
「好像也沒有發燒。」
「我沒發燒啦！我剛剛只是稍微沉浸在漫長的回憶裡。」
我回想起迄今的過程，便深深地嘆了一口氣。我答應堀北要協助她，不過目前正處於後悔莫及的狀態。
當時我雖然也是為了讓堀北振作，可是重新思考後，才覺得這實在很不像我的作風。
「那麼參謀大人，我該怎麼做才好呢？」
「這個嘛……當然，目前有必要再次說服須藤他們來參加讀書會。為此，也只能讓你去磕頭拜託了呢。」

「為什麼會變成這樣啊……起因是妳和須藤他們起了爭執，不是嗎？」

「那是因為他們沒有全力以赴地認真學習。你不要搞錯焦點。」

這傢伙……真的打算幫助須藤他們嗎……？

「沒有櫛田的力量，不可能再次召集須藤他們。妳也知道吧？」

「……我知道。為了顧全大局，我也只能做出犧牲。」

妳到底有多討厭讓櫛田參與啊。堀北看似非常不滿，不過還是同意了。

堀北平常都不允許櫛田接近她。我就把這當作是她最大的妥協吧。

「那我就不多說了。關於櫛田同學的事情，你能夠幫忙嗎？」

「我嗎？」

「這不是理所當然嗎？因為我已經和你簽訂契約了。在升上A班以前，你都要聽從我的命令，像隻拉車的馬，不斷地為我效命。」

我一點也不記得自己有簽下這種契約。

「看，這裡也有契約書。」

哇，真的。上面不只寫著我的名字，連印章都蓋好了。

「妳可是會被控偽造文書罪喔！」

我當場就把它撕爛、扔掉。堀北則走向了正在收拾書桌的櫛田身邊。

「櫛田同學，我有話想和妳說。可以的話，妳能陪我吃個午餐嗎？」

「午餐？堀北同學竟然會邀請我，還真是稀奇呢。嗯，可以喲。」

即使看見她另一面的我就在旁邊，櫛田也一如往常，絲毫沒有動搖。她爽快地答應了堀北。

接著，我們和這樣的櫛田，一起前往了學校裡人氣第一的咖啡廳帕雷特。

這裡是上次我和櫛田說謊把堀北叫出來，並惹她生氣的地方。

堀北說要請客，就幫櫛田點了飲料，而我當然是自掏腰包。

滿臉笑容的櫛田接過飲料，就坐到了座位上。我們兩個也在櫛田的前方坐了下來。

「謝謝妳。那麼，妳想對我說的是什麼呀？」

「為了避免須藤同學他們考不及格，能請妳再次協助舉行讀書會嗎？」

「這是為了誰呢？是為了須藤同學他們嗎？」

連櫛田也不認為堀北當面所說出的請求，純粹是出於善意。

「不，這是為了我自己。」

「這樣啊，堀北同學果然是這樣的人呢。」

「妳無法和沒意願助妳朋友一臂之力的人合作嗎？」

「我覺得不管堀北同學妳要抱持哪種想法，都是個人的自由喔。不過，我很高興妳能坦率地回答我，因為我不希望妳對我說出拙劣的謊言。我明白了，要我幫忙也沒問題喲。因為我們不都是同班同學嗎？對吧，綾小路同學？」

「喔、嗯，真是幫了大忙。」

「但是我想問堀北同學呢。堀北同學，妳既不是為了朋友，也不是為了點數。而是為了升上A班才幫助他們吧？」

「沒錯。」

「這該說是令人不敢相信嗎……這不是不可能的嗎？啊，我並不是在瞧不起妳喲。不過該怎麼說呢……班上大部分的人應該也都放棄了吧。」

「是因為我們目前跟A班的點數差距很大嗎？」

「嗯……而且老實說，我總覺得沒辦法追上呢。我們下個月也不確定會不會得到點數。這讓人有種意志消沉的感覺。」

櫛田的上半身軟趴趴地趴在桌上。

「我絕對會辦到。」

「綾小路同學也是以A班做為目標嗎？」

「是啊。他將會作為我的助手，一起和我達成升上A班的目標。」

別擅自把我當成妳的助手啦。

「嗯……我知道了。讓我加入你們嘛。」

「當然啊，所以我才會拜託妳幫忙讀書會的事。」

「不是這樣。我是想加入你們以A班為目標的活動。除了讀書會，接下來也要做很多事情吧？」

「是、是啊，雖然的確如此……」

「還是說，妳不想要讓我加入？」

櫛田大大的雙眼盯著堀北，就像是在觀察她的表情。

「我知道了。這次的讀書會如果能順利進行，我就會正式請求妳的協助。」

堀北如此回答。她對櫛田應該還抱持著疑慮吧。但是就算這樣也不得不答應，大概是由於她也知道櫛田擁有著自己欠缺的品德。

一板一眼的堀北一表示答應，櫛田就突然坐起上半身。

「真的嗎！太好了！」

櫛田發自內心開心似的當場高舉雙手，坦率地表達喜悅。她這種模樣，每個動作都相當可愛。

「堀北同學！綾小路同學！那麼就再次多多指教嘍。」

櫛田的雙手往我們這裡同時伸了過來。

儘管我和堀北有些不知所措，但我們還是握住了她的手。

「接下來的問題，就是須藤同學他們會不會乖乖答應了呢。」

「是啊。以現況來說或許有點困難。」

「那麼，這件事能不能再次交給我呢？我都加入你們了，這點小事就讓我來做嘛。好嗎？」

堀北被捲入了櫛田我行我素的行動之中，有點被她的氣勢所鎮住。

她拿出手機，似乎打算立刻行動。過了不久，被櫛田邀請而欣喜若狂的池和山內就出現了。

然而，他們一看見我和堀北的臉，馬上就用眼神問我「你該不會把聊天室的事講出去了！」。這情況正好，於是我就決定不理他們。在這種場合，說不定他們兩個的罪惡感會產生不錯的作用。

「抱歉，把你們兩位叫了出來。與其說是我，不如說是堀北同學有話想對你們說。」

「什什什……什麼事啊？我們……做了什麼嗎！」

真是反應過度……他們都嚇到腿軟了。

「你們兩個不打算參加平田同學的讀書會嗎？」

「咦？讀……讀書會？哎呀，我很懶得看書，而且平田太受歡迎了，也讓人很火大……考試前一天再背一背總會有辦法吧，再說我國中也是這樣熬過來的。」

山內對於池所說的話，也點了兩、三次頭。看來他們打算開夜車惡補。

「這還真像你們的作風呢。不過，這樣下去很有可能會遭受退學。」

「妳還是老樣子自以為了不起啊。」

須藤出現，並一面瞪著堀北。他似乎也中了櫛田的甜蜜陷阱。

「須藤同學，最令人擔心的就是你了。你對退學太沒有危機感了。」

「這關妳什麼事啊。妳最好不要太超過，不然我就揍飛妳。我現在正忙著打球，書只要在考前看就夠了。」

「須藤，冷、冷靜一點啦，好嗎？」

池似乎是不想讓人知道聊天室的事情，而安撫著須藤。

「欸，須藤同學。我們要不要再一次一起讀書呢？雖然前一晚抱佛腳或許能熬過去，不過要是失敗，你連最喜歡的籃球都會沒辦法繼續打喲！」

「這……可是，我不打算接受這個女人施捨般的行為。我還沒忘記她前幾天對我說過的話。想邀請我的話，就得先誠懇地道歉。」

須藤對堀北示出滿滿敵意，如此說道。即使他本人也覺得要是不看書就會很危險，但似乎還是無法原諒籃球受到汙辱。

對此，堀北當然不會輕言道歉。因為她自詡自己是不會說錯話的人。

「須藤同學，我很討厭你。」

「什——！」

堀北別說是道歉了，甚至還火上加油般地對須藤說出苛刻的話。

「但是，現在就算我們彼此討厭對方，不也只是些小事情嗎？我是為了我自己而教你們讀書，而你只要為了你自己而努力念書不就好了嗎？」

「妳就這麼想去A班嗎？還不惜邀請討厭的我。」

「是啊，沒錯。要不是這樣，你以為誰會喜歡跟你們牽扯上關係。」

對於堀北口無遮攔的每句話，須藤很明顯地逐漸變得焦躁。

「我要打球很忙啦。就算是考試期間，其他傢伙也沒有要停止練習的樣子。我可不能因為無聊的課業，而讓籃球落於人後。」

堀北宛如是預見了須藤會說出這種話，於是拿出了一本筆記本，並打開來讓他看。上面詳細寫著到考試為止的進度安排。

「我在前幾天的讀書會裡，發現到那種學習方式是沒用的。你們並沒有打好學業基礎。舉例來說，這種狀態就像是一隻青蛙被扔到大海，連該游向哪裡都不曉得。而且，就像須藤同學所說的那樣，我知道要是削減掉娛樂安排，將會對你們造成壓力。所以我想出了解決方案。」

「這是怎樣的魔法啊？有的話我倒想請妳告訴我。」

須藤對此嗤之以鼻，彷彿認為不可能會有兼顧讀書和社團的方式。

「從現在開始的兩個星期，你們平時在課堂上都得拚命地用功。」

我一瞬間無法了解堀北在說什麼。而其他人也都和我一樣。

「你們三個平常都沒認真上課吧？」

「真希望妳別擅自斷言呢。」

池如此反駁。

「那麼，你有認真上課嗎？」

「……沒有。我都在發呆等下課。」

「我想也是。換句話說，你們一天就浪費了六個小時。比起在放學後特地安排一、兩個小時讀書，你們在課堂上失去的時間還更多。當然要充分利用這段寶貴時間才對。」

「理論上……確實是這麼回事……不過這不是很強人所難嗎？」

櫛田的擔憂是對的。正因為平時無法讀進去，所以才會浪費時間。

課堂上也沒辦法進行交談，我實在不認為他們光靠自己就能完全理解題目。

「我又完全跟不上上課的內容。」

「這我知道。所以，我們還要利用下課時間來進行簡短的讀書會。」

堀北這麼說完，就把筆記本翻到下一頁，並在上面寫出自己是如何計劃。

簡單說，就是在一小時的課程結束後，全體立刻集合，並報告課堂上不懂的地方。接著，堀北會在十分鐘的下課時間內進行解答。

然後再接著上下一堂課。流程就是如此。當然，這並不是這麼簡單的事。

須藤他們無法跟上課程，根本無法保證在短時間內就能把書讀好。

「等、等一下。總覺得腦袋有點混亂。這樣子真的能順利嗎？」

池他們也馬上發現這是件很辛苦的事情。

「對啊，下課才十分鐘，要講解完不懂的部分是辦不到的吧？」

「別擔心，我會在課堂上將所有問題的解答都整理得淺顯易懂。接著，再由綾小路同學、櫛田同學還有我，各自進行一對一教學就可以了。」

如果是這樣，確實就有可能完美利用這十分鐘來掌握課業知識。

「如果只是講解答案，你們兩位應該辦得到吧？」

「可是啊……我不覺得現在還趕得上考試耶。高中課業很難，而且又有很多搞不懂的地方。」

「在一小時的課程裡，要學的內容其實意外很少。寫成筆記就是一頁，最多也只有兩頁。如果再從中濃縮可能會出題的範圍，那也只要吸收半張筆記的知識量就夠了。只有時間無論如何都不夠的情況，才會利用到午休。我不會要求你們理解題目。我只希望你們就這樣把它們記在腦海裡。最重要是在上課時，要完全專注在老師的教學以及黑板上的文字。另外，抄筆記這件事也得暫且擱在一旁。」

「妳的意思是不要抄筆記嗎？」

「一邊抄筆記，一邊記下題目或答案，其實出乎意料困難。」

說不定的確是這樣。將注意力集中在抄筆記，最後單純只是在進行抄寫動作，反而會浪費掉寶貴的時間。

不管怎樣，堀北看來是不打算利用放學時間來教書。

「凡事都要試過才知道。在否定之前，還是先試著實踐吧。」

「……我提不起幹勁啊。就算我花時間去讀，也和妳這種書呆子不一樣。我不認為光靠那種像祕技的方式，就能簡單地把書念起來。」

這是堀北考慮到他們三個的感受才想出來的計畫。然而，須藤卻沒有點頭答應。

「你似乎誤解了最根本的事情。你難道以為讀書會有捷徑或祕訣嗎？除了投入時間踏實學習別無他法。不只是讀書，就算是其他事情不也全都一樣嗎？還是說，難道在你投注熱情的籃球之中，有著捷徑或者祕訣？」

「怎麼可能會有這種事情。籃球是要透過不斷反覆練習才能夠打得好。」

須藤對於自己說的話，吃驚得屏住氣息。

「對於沒有專注力、無法認真努力的人來說，這絕對辦不到。不過，你是那種能為籃球全力以赴的人。為了能繼續在這所學校打球，也為了不放棄你自己所擁有的可能性，即使是一點點也好，我希望這次你將那些力量轉移到看書上面。」

雖然很微弱，但這毫無疑問是堀北對須藤所做出的讓步。須藤對此猶豫不決。

然而，須藤礙於那小小的自尊心，似乎怎麼樣都無法說出答應。

「……我還是不參加了。要我順從堀北，我無法接受。」

須藤還沒入座，就這樣打算離開。而堀北並沒有阻止他。

如果錯過這個機會，應該就沒辦法再叫他一起讀書了吧。平常我不會插手，但這裡我應該也只能助她一臂之力了。

「喂，櫛田。妳已經交到男朋友了嗎？」

「咦？咦？還沒喲。不過你怎麼會突然提起這件事？」

「如果我考了五十分，就跟我約會吧。」

我迅速地把手伸出。

「啥？綾小路，你在說什麼啦！小櫛田，跟我約會！我會考五十一分！」

「不對不對是我啦！跟我約會！我一定會考五十二分！」

率先產生反應的是池，再來是山內。櫛田馬上就察覺到我真正的用意。

「真、真是困擾呀……我可是不會以考試成績來評斷一個人喲！」

「可是，我很想要努力過後的獎賞嘛，而且池跟山內好像也很感興趣。假如參加讀書會可以有類似獎賞的東西，應該也會讓人比較有幹勁。」

「那、那麼這樣如何？我會和考最高分的人約會，那倘，如果這樣子可以的話……我喜歡就算面對討厭的事情，也能夠努力去做的人呢。」

「唔喔喔喔喔喔喔喔喔！我會做到！我一定會做到！」

池他們氣勢洶洶地喊道。其實不用特別拐他們也沒關係。我接著向須藤搭話。

「喂，須藤。你打算怎麼做？這也許會是個機會喔。」

這句話的含義，和「你也想和櫛田約會吧？」有著些許的差異。

我自認大致上已掌握了須藤的性格。至少我大概能猜到，他在這種時候很難坦率地開口說要參加。既然如此，就不得不由我們這方先做出讓步。

「……約會啊。感覺還不錯。真沒辦法……那我也參加吧。」

須藤沒有回頭，小聲地這麼回答了。櫛田則是鬆了一口氣。

「我會記住的。男生是比想像中還更單純且無聊的生物。」

堀北似乎也了解到了這點，因此刻意如此回答，自然地迎接須藤的加入。

1

再次組成的讀書會開始，許多事都順利地運作著。

當然，沒有半個人從讀書之中體會到樂趣，或者感受到喜悅。可是，為了避免退學，也為了守護與夥伴所累積的每一天，大家都沒放棄面對討厭的讀書。雖然笨蛋三人組都認為自己不適合讀書，但還是拚命反覆看著黑板上寫出來的題目，為了理解而不知苦思了多少遍。至於須藤，就算他偶爾會意識朦朧、前後晃著頭，不過也會在最後一刻撐住不睡。這果然也是為了自己成為職業籃球選手的目標吧。這份有勇無謀的夢想，說出來或許還會被人嘲笑，但是須藤卻一股腦兒地追尋著。我們這些剛升上高一的大多數學生，都還沒擁有像樣的夢想。大部分的人都懵懵懂懂，不曉得未來要做什麼，只覺得不要生活拮据就夠了。所以，為了夢想而全心投入練習的須藤，真的是個很出色的人。

話雖如此，這間學校究竟是以什麼標準，來定義實力呢？

學生的入學與否，至少不是只看學業能力來判定。

從我能夠成功入學，或者從池、須藤他們經歷的事情來看，這點應該不會有錯吧。

假如學校是預見了學生各式各樣的才能，那麼就絕對不應該會有只要考一次不及格就會被退

學的制度。至少我這麼想。

如果制度本身並不是騙人的，能夠推導出的答案就沒這麼多了。

那麼，題目不就一定會設計成不論是池或須藤都能夠挑戰成功的嗎？

我的腦中浮現出這樣的問題。可是啊，事情好像也沒這麼簡單。現在課程或小考裡的題目，對須藤他們來說難度都相當高。

上午的課程結束，堀北一個人低頭看著筆記本，並滿意地輕輕點了頭。看來她似乎覺得自己統整得很好。

以堀北的立場來看，就算教學對象是三個笨蛋，她也一定會想要盡力讓他們拿高分。這麼做，理所當然地不只會讓班級獲得好評，也能讓學生的素質提昇。

不過，我則從開始就覺得考滿分太強人所難，所以也不打算這麼做。我只教了池能夠越過及格門檻的辦法。

中午的鐘聲一響起，池他們就一溜煙地跑去學生餐廳。午休時間共有四十五分鐘。大家約好吃完午餐後，要集合到圖書館看二十分鐘的書。

考慮到移動的時間，一開始原本計劃要在教室看書。但是為了提昇專注力，最後決定避開嘈雜的教室，改成利用圖書館。

然而，就我看來堀北其實是想迴避平田。平田他們那一群，會在中午針對放學後的學習方式進行討論。如果我們在一旁複習，平田過來搭話的可能性也不低。堀北應該是因為討厭這樣吧。

「堀北，妳午餐要吃什麼？」

「我想想——」

「綾小路同學——一起吃午餐吧？我今天把行程空出來了。」

櫛田忽然蹦了出來。

「嗯，好啊。那櫛田也一起——」

「那就這樣。我還有事，先走了。」

堀北迅速站起，一個人走出了教室。

「綾小路同學，對不起。那個，難道……我打擾到你們了嗎？」

「不，沒這回事。」

櫛田看著堀北的背影，一邊輕輕地揮著手，像是在說著「拜拜～」。

難不成她是明知故犯？我總覺得自從那天目擊了櫛田的祕密，她就明顯地增加和我接觸的機會。雖然她嘴巴上說相信我，但說不定還是在懷疑我會跟別人告密。

結果，櫛田和我決定去咖啡廳吃飯。當我們一起來到了咖啡廳，我馬上就折服於壓倒性的女子氛圍。

「這是怎麼回事啊，女生人數還真多……」

咖啡廳裡的客群有八成以上都是女生。

「因為這邊的餐點感覺就不是男生會吃的呢。」

菜單上有義大利麵或鬆餅等，都是些看來就像是女生會喜歡的餐點。如果玩體育的須藤來這裡吃飯，應該會表示份量完全不夠吧。咖啡廳內少數的男生，該說是人生勝利組嗎，盡是些輕浮男。大致上都是與女朋友一起來，或者身邊圍繞多名女生的男生。

「我們還是去吃學生餐廳吧？總覺得待在這裡很不自在。」

「只要習慣就好了。像高圓寺同學好像就會每天來喲！你看，他在那裡。」

櫛田這麼說完，就指向咖啡廳裡頭的多人用座位。在那裡出現了被女生圍繞的高圓寺。他的態度還是一如往常地肆無忌憚。

我才在想中午都沒看到他，原來他都是來這種地方啊。

「高圓寺同學好像很受歡迎耶。在他周圍的都是三年級的女生。」

櫛田也相當驚訝。我則不禁豎起耳朵聽了聽高圓寺和學姊們的對話。

「高圓寺同學，張開嘴巴，啊──」

「哈哈──！果然還是年紀大的女性比較好呢～」

他完全不畏懼對方是三年級學生，甚至還讓她們貼在身上地吃飯。

「那傢伙真的好厲害啊……」

「高圓寺的名字好像已經廣為流傳了呢。」

原來如此。這些簇擁在他身邊的，都是看上了他的錢啊。

「這社會還真是討厭啊……」

「因為女孩子都是現實主義者嘛。光靠夢想沒辦法過活喔。」

「櫛田妳也是嗎？」

「我應該還是有懷抱著一點夢想，像是會有白馬王子出現的這種。」

「白馬王子啊……」

我們盡可能地找到了距離高圓寺最遠的雙人座位。

「那綾小路同學你呢？果然還是喜歡像堀北同學那樣的人？」

「為什麼會說是堀北啊。」

「因為你們總是在一起。而且，她不是可愛嗎？」

我確實覺得堀北很可愛，不過僅限於外表。

「綾小路同學，你知道嗎？其實女生們有稍微在注意你喲！而且一年級女生製作的排行榜上也有你的名字呢。」

「女生會注意我？那到底是什麼樣的排行榜啊……」

看來我們男生在不知不覺間就被分了等級。

這應該跟之前男生依胸部大小來排名女生是差不多的事情吧。

「排行榜有很多種類喲。像是有帥哥排行榜啦、有錢人排行榜啦、噁心排行榜啦……然後還有——」

「……夠了。總覺得不是很想繼續聽下去。」

「別擔心。綾小路同學，你可是在帥哥排行榜中漂亮地拿下了第五名。恭喜你！順帶一提，第一名是A班的里中同學、第二名是平田同學，而第三、第四名都是A班的男生。感覺平田靠著外表以及個性得了很多分數呢。」

真不愧是D班的明日之星。他似乎也受到了C班以上女生的注目。

「我該為此開心嗎？」

「當然。啊，只不過，你在陰沉排行榜裡也名列前茅就是了。」

「這樣啊……」

櫛田把手機拿給我看。上面看起來有無數種男生排名。

當中甚至還有「希望他去死的男生排名」這種危險的標題。我就當做沒看見吧。

「你明明是第五名，但是好像沒有很開心呢。」

「如果我有確實感受到自己受歡迎，那還好說。不過，這種事我可是一點也感受不到。」

事實上，我也不記得在鞋櫃裡收過半封貼著愛心貼紙的情書。

「應該不是全部女生都有參加投票吧？」

「嗯。雖然好像有非常多人參加，但票數是看不見的，就連評論也都是匿名制呢～」

換句話說，這種內容不清不楚的排行榜，可信度其實一點也不高。

「我想綾小路同學你很吃虧呢。就我看來，你也算是相當帥氣。只是似乎沒有像平田同學的那種吸引人的地方，或者應該說是沒有引人注目之處。像是頭腦很好、運動神經出色，或是擅長聊天等。感覺你就欠缺著這些充滿魅力的部分。」

「這些話真是讓我心痛耶……」

也就是說，身為人類我完全沒有內在的魅力。

「對、對不起。要是我說得委婉一點就好了。」

櫛田如此反省，似乎覺得自己說得太過頭。

「嗯，綾小路同學，你國中的時候沒交女朋友嗎？」

「我沒交過。不行嗎？」

「……你沒交呀。啊哈哈，也沒有什麼不行啦。」

「排行榜啊，如果男生也做了，女生不知道會怎麼想呢。」

「我認為女生會覺得很惡劣喲。」

櫛田笑瞇瞇的，但眼神卻不帶笑意。嗯，說得也是。假如我們私底下以美醜來排名女生，一定會遭受到嚴正的抗議。而在這邊，又冒出了一個男女之間的差別待遇。話說回來，櫛田和我相處的模樣，還真的和以前沒什麼差別。

既然她的另一面都被我看見了，心裡應該不會沒有疙瘩才對。

「喂，如果妳覺得和我相處很勉強，可以不用強迫自己喔。」

「討厭啦，我不覺得勉強喔。而且跟綾小路同學聊天也很開心呀。」

「妳都已經對本人說討厭他了，還說得出這種話啊？」

「啊哈哈哈，也是。抱歉抱歉。不過我之前說的可是真心話喔。」

……不，就因為是真心話，我才會覺得受傷。明明擺著這種笑容，心裡卻討厭著我。真是糟糕透頂。

「其實我今天會邀你吃午餐，也是想稍微跟你確認一件事呢。雖然這是個假設。假如你要選邊站，綾小路同學你會選擇我，還是堀北同學呢？你會選擇我嗎？」

「我既不會成為誰的夥伴，也不會成為誰的敵人。我會保持中立。」

「我覺得這世界並沒有簡單到能讓你順利維持中立喔。主張反戰雖然很高尚，但也不知道何時會被捲入其中吧？要是我和堀北同學產生爭執時，綾小路同學你能幫忙的話，就太令人安心了。」

「就算妳這麼說……」

「你要稍微記住我對你懷有期待喲。」

「期待啊……但我想如果要請求協助，首先應該先說明原委吧。」

櫛田始終保持著笑容，但她還是以強烈的意志搖頭表示拒絕。

「首先，我們得建立能夠彼此信任的關係呢。」

「也是。」

不論是我還是櫛田，說真的對彼此都還不夠了解。

將來當我們建立起信賴關係時，說不定我就能更進一步地了解櫛田了。

2

我們晚了約定時間一分鐘左右，才抵達圖書館。

大家都已經就定位，並打開筆記本待命。看來圖書館裡不只有我們，許多學生都在勤勉讀書。一年級到三年級學生，全都無差別地被迫加入攸關去留的戰爭。只要看到這片景象，便能一目了然。

「太慢了。」

「抱歉。店裡人有點多，所以拖到了時間。」

「你們兩個該不會是一起吃了午餐吧？」

對於同時抵達的我們感到疑惑，池用狐疑的眼神看了過來。

我們確實一起吃飯，但現在還是別多嘴會比較好吧。

「嗯，對呀。我們兩個一起去吃了午餐。」

這種事不講也沒關係吧。果然如我所料。池他們明顯露出了不滿的表情，朝我瞪了過來。簡直像是在看著弒親仇人。堀北連看也沒看過來，只說了一句話。

「快點。」

「……好的。」

我被堀北冷淡對待，便安靜地就坐，拿出筆記本。

「聽完課之後，我覺得地理還滿簡單的耶。」

「化學也沒有想像中那麼困難。」

池和山內如此說道。

「因為基本上有很多題目都是用背的吧？而且也不像英文或數學，只要沒有基礎，很多題目都會無法作答。」

「不可以大意。考試也很有可能出現時事問題。」

「失事……問題？」

「是『時事』問題。是指近幾年在政治或經濟上所發生的現象。也就是說，考試出題不會侷限於課本上寫出的題目。」

「唔哇，這是犯規吧！這樣考試範圍不就沒意義了嗎！」

「所以包含這個也都要讀。」

「我突然開始討厭起地理了……」

雖然確實無法徹底排除考出時事問題的可能性，不過這回就算對其睜一隻眼、閉一隻眼，也沒有關係吧。

要是太在意連會不會考都不曉得的部分，而錯失了原本能掌握的地方，損失就大了。

「我們還是趕快看書吧。」

在我們東聊西聊的期間，時間也一分一秒地流逝著。

「是啊。不知道是誰還遲到，寶貴的時間都被浪費掉了。」

「……還在怪我嗎？」

「那我來向大家提問喲。請問想出歸納法的人，叫做什麼名字呢？」

「呃——是剛才課堂上學到的那個傢伙吧？我記得是……」

池一面苦想，一面用指尖轉著自動筆。

「啊，是那個啦，那個。好像是個聽起來會讓人覺得肚子很餓的名字。」

「法蘭西斯．沙勿略！……應該是像這樣的名字吧？」

須藤也沒辦法想出答案嗎？有點可惜。

「我想起來了。是法蘭西斯．培根！」

「答對了。」

「好耶！這樣我一定就能考滿分了！」

「不，根本還差得遠吧……」

話雖如此，如果大家在剩下的這一個星期拚命地背，應該就能避免不及格了吧。

「各位，一定要注意自己的身體狀況喲。不然讀書的時間也會減少。」

櫛田這麼說道。她應該也很了解時間所剩無幾了吧。

「沒問題的。如果是這三個人的話。」

「真不愧是小堀北。感覺妳好像很信任我們！」

我覺得她的口氣大概是在說「笨蛋是不會感冒的」喔。

「喂，安靜一點啦。嘰哩呱啦的，吵死了。」

在旁邊讀書的一名學生抬起了頭。

「抱歉抱歉，我有點太興奮了。因為答對問題太開心了～想到歸納法的人可是法蘭西斯．培根喔！不妨把它記下來吧～」

池一邊傻笑，一邊這麼說道。

「啊？……你們該不會是D班的學生吧？」

旁邊的男生們同時抬起頭掃視著我們。須藤似乎對他們的模樣感到惱火，便以半發火的口吻僵硬地說著。

「你們想幹什麼。就算我們是D班又怎樣。你們有意見嗎？」

「不不不，我並沒有什麼意見啦。我是C班的山脇，請多指教啊。」

山脇一面不懷好意地笑著，一面環視著我們。

「只不過該怎麼講呢？這所學校能依實力分班還真是太好了啊。如果得跟你們這種最底層的傢伙一起念書，我可是會受不了呢。」

「你說什麼！」

最先氣得站起來的，不用說當然就是須藤。

「我只是說了實話，不要生氣嘛。如果在校內做出暴力舉動，不知道會對點數審查造成多少影響呢。哎呀，不過你們似乎也沒有點數可以扣了。換句話說，你或許會被退學？」

「好極了，放馬過來啊！」

即使不願如此，但是每當須藤在安靜的圖書館裡大吼，就會引來周遭的注目。

假如情勢再這樣惡化下去，應該有可能會傳到老師耳裡吧。

「就如他所言。如果在這裡引起了騷動，也不知道事情會變得怎麼樣。你還是把最壞的情況預想成會遭受退學吧。另外，你要說我們的壞話也無所謂，不過你應該是C班的吧？老實說，這也不是什麼能夠拿來自誇的班級呢。」

「C班到A班的差距小到就像是誤差。只有你們D班的層次特別低落。」

「你使用的標準還真是令人同情呢。就我看來A以外的班級，根本就沒什麼兩樣。」

剛剛還在傻笑的山脇，稍微瞪了堀北。

「連半點點數都沒有的瑕疵品，沒資格這麼囂張地說話吧。妳別因為自己長得可愛，就以為什麼事都能被原諒。」

「謝謝你這邏輯不通的發言。不過我至今根本不曾在乎過自己的外表，被你稱讚我可是覺得相當不舒服。」

「——！」

山脇拍桌站起。

「喂……喂，別這樣。我們先挑釁的這件事如果傳開來就糟了。」

跟山脇同桌的C班學生，急忙地抓住他的袖子阻止他。

「你們應該知道這次考試要是不及格，就會被退學吧？我還真期待你們當中會有幾個被退學呢。」

「很遺憾，D班不會有人遭受退學。況且，在擔心我們班以前，你不如先擔心自己的班級。小心驕兵必敗啊。」

「呵、呵呵！驕兵必敗？別開玩笑了。」

「我們不是為了避免不及格，而是為了考到更好的成績才念書。不要把我們拿來相提並論。再說，你們答出法蘭西斯・培根就在那邊高興，腦袋是不是壞掉了啊？讀考試範圍外的部分又有什麼用？」

「咦？」

「你們該不會連考試範圍都沒好好弄清楚吧？難怪會是瑕疵品。」

「你不要給我太超過喔，喂！」

須藤不知道是快要發飆，還是已經發飆，他抓起了山脇的前襟。

「喂、喂喂，你打算使用暴力嗎？會被扣分喔！沒關係嗎？」

「反正也沒有分數可以扣了！」

須藤舉起了手臂。糟糕，這傢伙真的打算揍他。

這真的不得不阻止了。正當我這麼想，並拉開椅子的時候——

「好了，停下來、停下來！」

這麼說著的，似乎是在圖書館裡念書的其中一名女學生。

須藤因為意外出現的人物而停下了手。

「妳誰啊，局外人就不要多管閒事。」

「局外人？我作為其中一名利用圖書館的學生，無法對這場騷動視而不見。要是你們不管怎樣都想引起暴力事件，能不能去外面處理呢？」

聽到一頭金色頭髮的美女淡然地提出了正確的言論，須藤放開了山脇。

「還有，你們也是，挑釁得太過頭了吧？如果你們還要繼續這麼做，我就不得不向校方報告這件事情了。就算這樣也沒關係嗎？」

「抱、抱歉。一之瀨，我並沒有打算這麼做。」

這名少女被山脇稱做一之瀨。我想起來之前有見過她一次。

她是上次在和星之宮老師說話的B班學生。

「喂，走吧。在這種地方念書的話，會被傳染成笨蛋。」

「也、也對。」

山脇他們唾棄似的說完，就離開了這個地方。

「你們如果還要繼續在這裡讀書，就得安分一點。以上。」

我目送她颯爽離去的身影，佩服地點了點頭。

「她好好地把騷動給平息掉了呢。真是有別於堀北。」

「我只是實話實說，並沒有打算要搗亂。」

可是這卻是促成這場騷動的契機啊……

「喂……他剛才說……這不在考試範圍內對吧？」

「……這是怎麼回事？」

大家面面相覷。

茶柱老師說考試範圍有包含地理大發現。

我和堀北都有筆記下來，所以不會有錯。

「難道是每個班級考得都不一樣嗎？」

「這很難想像呢……各班應該是統一的。」

就如堀北所言。基本上五個科目的期中、期末考，同學年度的出題內容應該相同。否則，反映到點數制度上的準則，也會變得很不明確。

如果是這樣，難不成是只有C班被提前告知考試範圍有更動？

還是只有我們D班沒被告知呢……

我們對於始料未及的消息不禁感到混亂。

如果社會科範圍真的不一樣的話——

……不……如果只有社會科不同，再糟糕都總有辦法。

然而，要是全科的考試範圍都不一樣的話……

那就代表我們度過了一整個星期的徒勞時光。

3

距離午休結束還剩下十分鐘。

我們讀書會的成員們結束掉這次的念書時間，全體快步前往教師辦公室。

總而言之，如果不確認考試範圍的正確與否，就無法繼續前進了。

「老師，我們有急事想向您確認。」

「看起來還真是誇張呢。你們可是嚇到其他老師了喔。」

「實在很抱歉我們這一大群人不請自來。」

「這就算了。不過我現在有點忙，長話短說吧。」

老師似乎也有老師該做的工作，她似乎在筆記本上記錄著什麼。

「關於茶柱老師您上星期所說的期中考範圍，請問當中有沒有錯誤呢？因為剛才C班的同學指出考試範圍與他們的有所差異。」

茶柱老師面無表情地聽著堀北說話。她默默聽完，就停下了寫字的動作。

「……對耶，期中考範圍在上週五變更了呢。抱歉，看來我忘記告訴你們了。」

「什——！」

老師在筆記本上流利地寫出五個科目的考試範圍，接著將它撕下，遞給堀北。紙張上寫的課本頁數，雖然都已經在課堂上上過，可是大多數都是讀書會之前的內容。須藤他們幾乎都沒有學過。

「堀北，多虧了妳，我才能察覺到這個錯誤。大家也要好好感謝她。以上。」

「等、等一下啊，小佐枝老師！妳也太晚說了！」

「才沒這種事。還有一個星期。如果從現在開始讀就能輕鬆應考了吧。」

茶柱老師完全不覺得自己有錯，只說了這些話，就打算把我們趕出教師辦公室。然而，卻沒有半個學生乖乖聽話。

「就算繼續賴著不走，情況也不會改變。這點事情你們知道吧？」

「……走吧。」

「小堀北，可、可是！我沒辦法接受這種事！」

「就如老師所言，即使這麼做也是浪費時間。比起這個，我們還是盡早開始準備新的考試範圍會比較好。」

「可是！」

堀北轉身走出了教師辦公室。須藤他們雖然很不甘願，但也跟著她走了出去。茶柱老師連看都沒看我們一眼。她既不對學生感到抱歉，也沒有犯下失誤的著急感。最重要的是，剛才某些老師應該都有聽見我們的對話。

儘管導師這次的失誤可以算是某種大事，其他老師卻沒有任何反應。剎那間，我和坐在茶柱老師對面的星之宮老師對上了眼。她淺淺地微笑，並輕輕揮了揮手。

這其中一定有什麼蹊蹺。感覺這似乎並不僅僅是忘記告知考試範圍。

我一出走廊，通知下午課程即將開始的預備鈴便響了起來。

「櫛田同學，我想請妳幫點忙。」

「嗯？什麼事？」

「我希望妳把新的考試範圍告訴D班的各位。」

堀北這麼說完，就把從老師那裡拿到的紙張遞給櫛田。

「是可以啦……不過讓我去說沒關係嗎？」

「妳無庸置疑是我們當中最適合的人選。不能讓他們就這樣弄錯範圍地迎接考試。」

「嗯，我知道了。我會負責轉達給平田同學他們。」

「我要為明天之後做準備，更進一步地濃縮新的考試範圍。」

堀北努力假裝冷靜，但還是能感受到她流露出一絲焦躁。大家拚命讀的地方全是白費力氣，而且還被打回原點。時間也只剩下一個星期。

而最令人憂慮的，應該還是須藤和池他們三人組的幹勁吧。

「堀北。雖然這讓妳很辛苦，不過拜託了。」

須藤一面對堀北鞠躬，一面如此說道。

「我……從明天開始會暫停一個星期的社團活動。這樣總有辦法吧？」

「……這……」

若考慮到時間只剩一週，這便是不可或缺的冷靜判斷。

堀北對求之不得的提議感到驚訝，而且似乎難以馬上接受。

「真的沒關係嗎？這會很辛苦。」

「讀書本來就很辛苦，對吧？」

須藤微微一笑，就拍了拍堀北的肩膀。

「須藤，你是認真的啊？」

「是啊。我現在不論是對班導，還是對Ｃ班那群人，都非常火大。」

這應該算是不幸中的大幸吧。藉由被逼入了絕境，須藤首次對讀書展現出積極的態度。如果不這麼做，就無法熬過這次考試。他應該深切體會到了吧。接著，池以及山內看著須藤，也因此受到了刺激。

「真是沒辦法，我們也要跟進。」

「我知道了。如果你們已經有所覺悟，那我就會幫忙。可是須藤同學——」

啪！堀北毫不留情地拍掉了須藤放在她肩上的手。

「你不要碰我的身體。下次要是再做出同樣的事，我是不會放過你的。」

「……這女人真是不可愛……」

「絕對要讓他們另眼相看！」

「我也是！」

櫛田似乎也忽然提起了幹勁，往前伸出緊握的拳頭。

「綾小路同學也一起加油吧！」

「咦？呃，我——」

「你該不會……已經不打算讀書了？」

「……我要稍微想想……」

「你應該已經跟我約定好要幫忙了。不是嗎？」

堀北瞪著我。看來我的話好像全被她聽見了。

「我不擅長教人讀書。每個人都各有所長吧？」

老實說，在教書這方面，堀北或櫛田還比我更加適合。我並不是個「優秀」到有辦法教人讀書的人。

「話說回來，綾小路的考試成績也沒那麼好吧？」

「現在的時間已經所剩無幾。而且，堀北和櫛田合力教三個人，應該會遠比一對一教學還更有效率。再說，我也還有些事很在意。」

「在意？」

教師辦公室裡所發生的一連串事件，便是個讓人無法忽略的關鍵。

4

午休一到，我就立刻離開座位。我為了某個目的而前往了學生餐廳。

「你要去哪裡呀？」

櫛田似乎對我匆忙離開D班的模樣感到掛心，因而追了上來。她忽然繞到我的面前，並向前彎下身來向上看著我。

「中午到了，所以我想去吃飯。」

「哦——那我也可以一起嗎？」

「是沒什麼關係。不過，櫛田妳應該也不缺人陪吧。」

「我雖然有很多朋友可以一起吃飯，不過綾小路同學只有自己一個人呢。而且，平常你會跟堀北同學搭話，今天卻沒有這麼做。再說，昨天你在教師辦公室那邊，不是說有事情很在意嗎？那是指什麼呢？」

櫛田還是一如往常。真不知道該說她有認真聽人說話，還是該說她觀察入微。老實說，我覺得要是有誰在身邊，事情就會難以進行。不過，如果是櫛田應該就沒關係吧。因為我碰巧得知了這傢伙的祕密，所以她應該也不會亂來吧。

「告訴妳也沒關係，可是妳能答應別說出去嗎？」

「我可是很擅長保守祕密的。」

於是，我和櫛田一起前往了學生餐廳。不久，便抵達了擁擠的餐券售票處。在我們排隊買完兩人份的餐券之後，我並沒有到櫃台排隊取餐，而是走到售票機附近，注意著點餐學生們的指尖。

「怎麼了嗎？」

櫛田對突然開始進行觀察的我感到不可思議，並歪著頭。

「這有可能和我在意的那件事的答案有所關連。」

我持續地注視著利用售票機購買餐券的學生們。然後，大約等到第二十名的時候，目標學生就出現了。這名學生購買了某種套餐，並拖著沉重的步伐走向取餐櫃台。

「很好，我們也走吧。」

「嗯？好。」

我快步走向櫃台，用餐券換好套餐後，就在那名拖著沉重腳步的學生面前坐了下來。

「那個，不好意思，您是學長……對吧？」

「……咦？你誰呀？」

這名學生緩緩抬起頭，一臉不感興趣地看著我。

「請問您是二年級，還是三年級呢？」

「三年級。但這又怎樣。你是一年級的吧？」

「我是D班的綾小路。學長您大概也是D班的吧？」

「……這跟你有什麼關係？」

櫛田的眼神流露出驚訝，彷彿在訴說著——你是怎麼知道的？

「因為免費套餐是有限定種類的。那個應該不太好吃吧？」

學長正在吃的餐點，是山蔬套餐。

「幹什麼啊，真煩耶。」

學長拿著托盤打算站起來，所以我叫住了他。

「我有些事想和您商量。您如果能夠答應，我也會為您送上謝禮。」

「……謝禮？」

學生餐廳裡非常嘈雜。我的輕聲細語被四周的喧囂給抹去。

附近的學生們，幸好全都沉浸在與朋友的談笑之中。

「請問您有前年第一學期的期中考考題嗎？如果學長或者學長的同學之中，有人擁有考古題，我希望你們能將它賣給我。」

「你知道自己在說什麼嗎？」

「這並沒有什麼不可思議的吧？我覺得有效利用考古題，並不會違反校規。」

「你為什麼會挑上我做這種事？」

「很簡單。因為我認為，如果找會煩惱點數不夠的人商量，洽談成功的機率也很高。學長您實際上也正在吃著不太好吃的山蔬套餐。不過，如果您是因為喜歡才吃，那當然就另當別論了。您覺得如何？」

「……你能付多少？」

「一萬點，這是極限了。」

「我沒有考古題，不過……我大概知道誰有。如果要拜託那傢伙，最少也需要三萬點。你要是能準備這些，我也是可以幫你。」

「就算您說要三萬點，我也拿不出來。我手上的點數不夠。」

「你還剩多少？」

「……兩萬點。」

「那就兩萬點……不，就以一萬五千點成交吧。再低就沒辦法了。」

「一萬五千點啊……」

「你都已經來拜託陌生人了，應該是相當著急吧。這間學校會毫不留情地把考不及格的學生強制退學。我的班級也已經有好幾個人不在了。」

「也是……我了解了。我會支付您一萬五千點。」

「那就成交了。當然，你得先把點數匯過來喔。」

「這倒是無所謂，不過您要是違背了承諾，就算您是學長，我也不會善罷甘休喔！我會做好遭受退學的覺悟，並以各種手段進行報復。」

「……真是強硬啊。我知道。即使我不願意，但只要轉讓點數就會留下紀錄。假如勒索學弟的傳聞散播開來，我也沒辦法全身而退。」

「另外，學長，既然我都要支付一萬五千點了，能不能再請您附上一個贈品呢？我想看入學不久後考的小考的答案。」

「知道了。我也會把它附上。雖然我是覺得你不必擔心啦。」

看來學長很了解我的目的以及想法。

「謝謝您。」

交易成立後，學長便匆匆離席。他應該是不想引人注目吧。

「喂，綾小路同學……做出剛才那種事情……真的沒關係嗎？」

「沒問題的。轉讓點數符合校規。這並不算違規。」

「雖然也許是這樣，可是買考古題不是很狡猾嗎？」

「狡猾？我並不這麼認為。如果學校不允許這種事，應該在最開始就會說明了。而且，今天看完三年級學生的反應，我就變得更有把握了。學生們像這樣進行交易，其實不是什麼稀奇的事。」

「咦……？」

「學長並沒有表現得特別驚訝，而且沒想到很快就接受了我的存在。他大概不是第一次進行交易。不只是一年級的期中考答案卷，他連入學不久後的小考答案卷都有保存著。從這點看來，應該就幾乎不會有錯了。」

柳田吃驚得睜大雙眼。

「綾小路同學，你還真是意外的勇氣可嘉呢。我真是嚇了一跳。」

「這是為了阻止須藤他們遭受退學的保險手段。」

「不過，要是白忙一場的話，那就沒用了呢。它畢竟還是考古題吧？我想也有可能會跟今年的考試毫無關連。」

「說不定考題不會一模一樣，但我也不認為會完全不同。因為之前的小考裡就已經出現了暗示。」

「暗示？」

「妳有沒有發現簡單的題目之中，混入了一部分非常困難的題目？」

「那個啊……嗯，是最後的題目對吧？我連題目的意思都看不懂呢。」

「我後來試著調查，發現那是高二、高三課程範圍的題目。也就是說，大部分的高一生是不可能解開這些題目的。校方故意隨便出這種解不開的題目，也沒什麼意義吧？說不定校方除了測驗學習能力之外，還有著別的目的。假設過去小考的出題，跟這次完全相同的話，那會怎麼樣呢？」

「……如果看了考古題，就能夠答對所有題目了呢。」

而且，期中考也能運用同樣的手法。

過了不久，我的手機收到了三年級學長傳來的附圖郵件。是考古題。

得先確認小考的部分。最關鍵的是最後三題是否相同。

櫛田在一旁探頭看著我的手機，好像也很在意。

「怎麼樣？怎麼樣？」

「題目是一樣的。字句分毫不差。前年考試和我們考的內容完全一樣。」

「太棒了太棒了！如果拿這份考古題給大家看的話，就能輕鬆考試了呢！不只是須藤同學他們，我們快點把題目拿給其他朋友看吧！」

「不，先別這麼做。還不能讓須藤他們看考古題。」

「為……為什麼？你花了這麼多點數，好不容易才買到耶。」

「如果他們知道這份考古題很有用，一定會鬆懈下來。而且他們難得認真念書，這樣會潑他們冷水。最重要的是，過於相信考古題也是個問題。這次期中考未必會像小考那樣出題相同，也有可能只有今年的題目不一樣。」

得好好記住，這份考古題畢竟只屬於保險手段。

「那這份考題要怎麼使用啊？」

「考前一天再和他們透露考古題的事。然後，再告訴他們前年的考試也和這份題目、答案卷幾乎相同。這麼做的話，大家會怎麼樣？」

「他們前一晚就會坐在書桌前拚命地背考古題！」

「就是這麼回事。」

說不定笨拙的學生無法在一天內記下所有的題目。不過，事先掌握題型不會很難。這次的考試目標也不是得滿分。畢竟跨越及格門檻才最重要。要是太貪心有可能會自掘墳墓。

不過，這麼一來，或許D班全體學生都能藉此突破難關。

「欸……你是從什麼時候開始想到要拿考古題的呀？」

「當我知道考試範圍有誤的時候就想這麼做了。不過，其實自從知道期中考之後，我就稍微有在想考古題可能會派得上用場。」

「咦？從、從這麼早就開始了？」

「在說明期中考的時候，茶柱老師的說話方式就格外特別。她身為班導，應該有掌握住須藤他們的成績以及學習態度。即使如此，她卻很有把握地告訴我們有避免不及格，並熬過去的辦法。換句話說，這表示絕對會有可靠的得救方式。」

「這就是在指……這份考古題的存在？」

不擅長讀書的須藤他們能夠考進這間學校，說不定也和這些部分有所關連。就算正面進攻無法獲得分數，但是避免退學的退路，或說手段，豈不是到處都有嗎？就像這次，只要獲得考古題，不管是誰都能考到將近滿分。如果這麼想自然就能理解了。

「……綾小路同學，其實你非常有本事嗎？」

「我只是動了點歪腦筋。而且，我沒把握自己能熬過期中考，只是在想辦法找出能夠輕鬆解決的方式。」

「哦——」

櫛田的臉上浮出了別有含義的笑容，似乎在想著什麼。

「櫛田，我有事想拜託妳。這份考古題，能不能當做是妳得到的？我希望妳能說是從要好的三年級學長那裡拿到的。」

「是可以……不過，綾小路同學，這樣子你沒有關係嗎？」

「因為我是避事主義者。我不想輕易做出顯眼的事情。況且，班上同學也很信任妳。這麼做會比我去傳達還要更好。」

「……我知道了。既然你都這麼說了。」

「真是幫了大忙。我想盡量避人耳目。」

「那這就是我們之間的祕密了呢。」

「應該就是這麼回事吧。」

「你不覺得彼此共享祕密會從中產生奇妙的羈絆，或是說——信任關係嗎？」

「誰知道呢，如果是這樣就好了啊。」

「謝謝你。」

櫛田只簡短地說出這些話。卻沒有告訴我為何道謝。

期中考

星期四的課程結束，來到了放學時間。明天終於要正式期中考了。

茶柱老師開完班會走出教室後，櫛田馬上就展開了行動。

櫛田拿著一疊考古題走上了講台。她在超商把我前幾天拿到的考古題列印出了全班的份量。

「各位，抱歉。在回去之前能先聽我說幾句話嗎？」

須藤也因為櫛田的話而停下腳步，準備洗耳恭聽。

這份任務只有櫛田才能辦到。我和堀北是無法勝任的。

「我想大家為了準備明天的期中考，至今應該讀了很多的書。關於這點，我有件事情能夠稍微幫上大家的忙。我現在就把資料發下去。」

櫛田依序將題目與答案卷按照人數發給最前排的學生們。

「考試的……題目？這難道是櫛田同學做的嗎？」

堀北當然也顯得非常震驚。

「這其實是考古題。是我昨天晚上從三年級學長那裡得到的。」

「考古題？咦、咦？難不成這個是相當有用的題目？」

「嗯。其實，我還聽說前年的期中考跟這份考古題幾乎相同。所以我覺得只要讀了這份考古題，就一定會在明天的考試派上用場。」

「唔喔喔！真的假的！小櫛田謝謝妳！」

池感動得緊緊抱住試卷。其他的學生也看來對於突如其來的幸運，無法抑制住心中的興奮。

「什麼嘛。要是早知道有這種東西，我就不用拚命認真念書了。」

山內一邊傻笑一邊抱怨。決定在前一天告訴大家，果然是正確的。

「須藤同學，今天要讀這些考題喲。」

「我會的。這真是幫了大忙。」

須藤看起來很開心，也收下了考古題。

「這要對別班的傢伙們保密喔！我們要考高分，讓他們嚇一跳！」

池得意忘形地大喊，不過我也贊成他的意見。沒有必要特地為其他班級雪中送炭。

接著過了不久，得意洋洋的同學們就開始踏上了歸途。

「櫛田同學，妳立下大功了呢。」

堀北難得率直地誇獎人。

「嘿嘿，是嗎？」

「因為我沒想過能夠利用考古題。我也很感謝妳去調查了題目是否真的有用。」

對於總是單獨行動且沒朋友的堀北來說，這好像是意想不到的舉動。

「這是為了朋友嘛，也沒什麼啦。」

「而且，我也覺得妳選擇在放學後公佈是正確的。因為要是隨便透露出考古題的事情，也有可能降低大家對於讀書的專注力。」

「這只是因為拿到的時間比較晚啦。如果明天考試能出現很多相同的題目……說不定大家都能考到很棒的分數呢。」

「嗯，而且大家這兩個星期的努力也絕不會白白浪費。」

雖然這對不及格組的須藤他們來說，兩週應該是無止盡地漫長吧。不過他們應該也稍微掌握到了讀書的專注方式以及習慣。

「雖然很辛苦，不過還是很開心呢。」

「這對那三人組來說應該一點也不開心就是了。」

我們能做的都做了。剩下就端看他們三個人的努力。

「現在也只能祈禱他們在考場上腦袋不會變得一片空白了。」

只有這個部分我們也無能為力。不管事前教會他們多少，就算能在讀書會裡發揮所學，正式考場上也未必就能展現實力。就連重要的考古題，也都會隨著運用方式而改變效果。

「那麼，我們也回去吧。」

堀北靜靜地看著櫛田將筆記本與課本收進書包。

「櫛田同學。」

「嗯？」

「至今為止真的很謝謝妳。如果沒有妳，讀書會就無法成立了。」

「不用放在心上啦～因為我也想要盡量和大家一起往上晉升。所以才會贊成開這個讀書會。如果還有需要，我隨時都願意幫忙喔。」

櫛田滿臉笑容地站起身，拿了書包。

「等一下。我有件事情想跟妳確認。」

「有事想跟我確認？」

「如果妳接下來也會為了班級而幫助我，這件事就不得不做確認了。」

堀北直直注視著擺出燦爛笑容的櫛田，這麼說道：

「妳很討厭我吧？」

「喂喂喂……」

我才在想她是要確認什麼，結果又做出了不得了的事情。

「妳為什麼會這麼想呢？」

「因為我這麼感受到。雖然對於妳的疑問，我也只能這麼回答……我有弄錯嗎？」

「……啊哈哈，真是敗給妳了呢。」

她將舉起書包的手慢慢放下，然後笑容毫無改變地對著堀北。

「是呀，我最討厭妳了。」

櫛田接著乾脆地這麼說道。她完全沒有隱瞞，也沒有拐彎抹角。

「告訴妳理由會比較好嗎？」

「……不用，沒這個必要。我只要能了解這個事實就夠了。看來接下來我似乎就能毫無拘束地與妳相處下去了。」

儘管當面被說討厭，堀北還是如此回答了櫛田。

1

「沒有人缺席。看來全班都到齊了呢。」

早上，茶柱老師一邊露出無畏的笑容，一邊走進了教室。

「對於你們這些吊車尾來說，這是第一道關卡。有什麼想問的問題嗎？」

「我們在這幾個星期裡，都很認真地讀了書。我可不覺得這個班級會有學生考不及格喔！」

「平田，你還真是有自信啊。」

其他學生的表情看來也自信滿滿。老師在桌上咚咚地將考卷整理整齊，就把它發了下來。第一節考的是社會科。社會可以說是其中比較容易的科目。

假如在這邊就受挫，老實說，剩下的科目就更會是場硬戰。

「如果這次考試以及七月實施的期末考都沒有任何人考不及格，暑假我就帶大家去渡假。」

「渡假嗎……？」

「是的。對了……我就讓你們在藍海圍繞著的島嶼裡，過著夢幻般的生活吧。」

夏天的海邊……當然就代表著能看見女孩子們的泳裝……

「這、這股異常的壓力是怎麼回事啊……」

茶柱老師因為學生（主要是男生）散發出的氣勢，而往後退了一步。

「各位……我們來大幹一場吧！」

「「「唔喔喔喔喔喔喔喔喔喔喔喔喔喔喔喔喔！」」」

同學們呼應著池，不停吼叫，而我也趁亂大喊。

「變態。」

堀北看了我一眼。我的喉嚨就瞬間發不出聲音了。

不久每個人都拿到了考卷。接著，我們隨著老師的指示同時翻開試卷。

我把解題的事先擱在一旁，並看了一遍所有的題目。我必須確認教給他們三個的範圍是否能避免不及格。最重要的，還是確認有多少題跟考古題相似。

——太好了。

我微微揮臂做出了勝利姿勢。考卷上的題目和考古題完全相同，總覺得甚至讓人有點害怕。

只要全部背下來，明顯就能考出將近滿分。

我在不會被人發現的程度下環顧了四周。即使如此，也沒看見有學生顯得焦急或困惑。大部分學生應該都熬夜背下考古題了吧。

而我也開始從容不迫地填入題目的答案。

接下來的第二、第三節考的是國文跟化學。話說回來，我在解題的同時，對另一件事感到了佩服。像這樣再重新看過考題，便會發現堀北教的範圍有著相當高的命中率。從這點看來，就知道她準確掌握了課程內容，還預測到了考題。在我隔壁不斷默默作答的這名少女，比我想像得還要優秀。

然後，第四節考的是數學。依難易度來看，考卷上列出的題目遠比小考困難許多。不過這些內容也和考古題一模一樣。說不定須藤他們甚至連部分題意都看不懂，但是即使如此，只要有記住答案就能寫得出來了。

接著來到了休息時間。

讀書會成員的池、山內以及櫛田，都集合到了堀北身邊。

「什麼期中考嘛！簡直輕鬆！」

「我搞不好會考到一百二十分呢。」

池率先說出了游刃有餘的發言。而山內也滿面笑容，考試手感似乎很好。

兩人雖然笑嘻嘻的，不過他們為了做最後的溫習，手上都拿著考古題。

「須藤同學，你考得怎麼樣？」

櫛田向一個人坐在座位上凝視著考古題的須藤搭話。

但須藤的表情陰沉，目不轉睛地盯著題目。

「須藤同學？」

「……啊？抱歉，我有點忙。」

須藤一面這麼說，一面看著的是英文考古題。額頭上還冒出了些許汗水。

「須藤，你難道……沒看考古題嗎？」

「除了英文，其他的都有看。我昨天不小心睡著了。」

須藤有點焦急地如此說道。簡單說，他現在是第一次看英文考古題。

「咦！」

那也就是說，須藤只剩不到十分鐘的休息時間能背了。

「可惡，我好像完全背不起答案。」

英文與至今的考試不同，要背下內容不是很容易。憑十分鐘就要記住所有答案，不管怎麼樣都不可能吧。

「須藤同學，你先去背配分高以及答案簡短的題目吧。」

堀北立刻離席，來到了須藤身旁。

「喔、好。」

於是，須藤便捨棄掉配分低的題目，開始背起分數高及好理解的部分。

「他……他應該沒問題吧？」

櫛田似乎覺得別打擾他比較好，而在一旁不安地注視著須藤。

「英文和日文不同，只要基礎沒打好看起來就會像咒文。要背起來是很耗時間的。」

「對、對啊。我英文也背得好辛苦啊……」

十分鐘的休息時間，轉眼便消逝而去。鐘聲無情地響了起來。

「你能做的都做了。剩下的就是趁還沒忘掉的時候，先從還記得的題目開始寫起。」

「好……」

接著，英文考試開始進行。當其他學生都穩穩地在作答時，須藤卻陷於苦惱之中。他不時地停下手中的筆，用頭捶桌子。然而，現在已經沒人能出手幫他了。須藤只能靠自己來度過不及格的危機。

2

最後一場考試結束後，我們再次集合到須藤的附近。

「喂……你剛才沒問題吧？」

「不知道……雖然能做的都做了，但我也無法算出自己會考多少……」

池擔心似的如此搭話。看得出來須藤有點不太鎮定。

「沒問題的喲。你至今也都拚命地讀了書，一定會順利度過。」

「可惡，我為什麼會睡著啊！」

須藤對自己感到焦躁而抖著腳，此時堀北現身在須藤面前。

「須藤同學。」

「……幹嘛啊，妳又想說教了嗎？」

「沒念考古題是你的過失。不過，直至考前的那段讀書期間，你也以自己的方式將能做的都做到了。我也知道你沒有偷懶。如果你已經盡了全力，那我想你可以替自己感到驕傲。」

「這什麼意思啊。妳打算安慰我嗎？」

「安慰？我只不過是實話實說。因為只要看了你目前為止的表現，就能知道讀書對你來說是多麼辛苦。」

堀北很坦率地在稱讚須藤。我們對這種情境都無法置信，因而彼此面面相覷。

「我們就等待結果吧。」

「嗯……也是啊。」

「另外……還有一件事。我有件事情不得不向你更正。」

「更正？」

「我上次對你說過，只有愚蠢的人才會以職業籃球作為目標。」

「妳怎麼還讓我想起這種事啊。」

「在那之後，我有去調查關於籃球的事情，以及要在那個世界成為職業選手又是怎麼回事。然後，我才了解到這果然是條險惡的荊棘之路。」

「所以妳想叫我放棄嗎？就因為它是個有勇無謀的夢想？」

「不是這樣。你對籃球投注著熱情。而這樣的你，是不可能不清楚成為職業選手的困難，也不可能不知道往後生活會多麼辛苦。」

雖然堀北的態度一如往常，但這確實就是她笨拙的道歉。

「就算是日本人，當中也有許多人在職籃界裡奮戰。而且甚至還有人想進軍世界。你就是打算以這種世界作為目標吧？」

「對。不管別人再怎麼瞧不起我，我也要朝著職業籃球邁進。即使我會過著比打工還窮困的生活，我也一定會辦到。」

「我過去都認為沒必要去了解自己以外的事。所以，一開始你說要以職業籃球作為目標時，我對你說出了很汙辱的發言。可是我現在很後悔。不了解籃球困難及辛苦的人，沒有權利瞧不起這個夢想。須藤同學，你不要忘記在讀書會裡培養出來的那份努力及堅持。只要把它應用在籃球上，說不定你就能成為職業選手了。至少我是這麼想的。」

堀北的表情幾乎跟平常一樣，沒有什麼變化，但她慢慢地對須藤鞠了躬。

「那時候真的很抱歉……我想說的就只有這些。那麼就這樣。」

堀北留下了這段道歉，就走出了教室。

「喂……你們剛才看到了嗎？那個堀北居然道歉了！而且還非常恭敬！」

「真是不敢相信……！」

池跟山內會驚訝也是當然的。連我都有點吃驚，而櫛田也是如此。

這應該也證明堀北認同了須藤所付出的努力。

須藤就這樣坐在椅子上，茫然地看著堀北走出去的那扇門。

過了不久，他就慌忙似的用右手按住自己的心臟，焦急地回頭看著我們。

「糟、糟糕……我……我好像喜歡上堀北了……」

開始

茶柱老師踏入教室的瞬間，便驚訝似的環看學生們。同學們屏息等待著期中考公布成績，因而使教室瀰漫著非比尋常的氣氛。

「老師，聽說今天要公布考試成績。請問是什麼時候呢？」

「平田，你也沒必要這麼興奮吧？那種程度的考試應該很輕鬆。」

「……請問是什麼時候呢？」

「你就開心吧，我現在就要公布。因為如果放學後才講，也會趕不上各式各樣的手續呢。」

「這是……什麼意思呢？」

「別緊張，我現在就公布。」

一如以往，這所學校都會把詳細資訊統整好，再一併告知學生吧。

老師把一張記載著學生名字和分數的大張白紙貼在黑板上。

「老實說我很佩服。真沒想到你們會考這麼高分。數學、國文還有社會成績並列榜首，也就是考到滿分的人，高達十名以上。」

紙上排列著一百的這個數字，而學生們都發出了歡呼聲。不過部分學生卻沒露出笑容。因為只有須藤的英文成績才最重要。

接著——

張貼在黑板上的考試結果表……顯示著須藤在五個科目之中，有四科是六十分左右，分數考得相當高。而最重要的英文成績則是三十九分。

「好耶！」

須藤不禁站起來大叫。池和山內他們也同時高興地站了起來。

上面也找不到標示不及格的紅線。我和櫛田彼此互看，總之是鬆了口氣。堀北……她的表情雖然沒有露出笑容或喜悅，但看來好像也放心了。

「老師，妳看到了吧！我們該認真的時候還是會認真的！」

池露出洋洋得意的表情。

「是啊，我承認你們真的努力了。不過——」

茶柱老師拿起了紅筆。

「啊……？」

須藤的口中發出了這種呆愣的聲音。

他的名字上被劃了一條紅線。

「什……什麼啊。這是怎麼回事啊？」

「須藤，你考不及格了。」

「啥？騙人的吧？少亂說了，為什麼我不及格啊！」

率先對茶柱老師的告知提出反駁的，當然就是須藤。

須藤被視為不及格，使教室裡的氣氛出喜悅轉為了騷動。

「須藤，你的英文考得不及格。也就是說，你到此為止了。」

「妳別開玩笑了，不及格是三十二分吧！我應該達標了吧！」

「是誰在什麼時候講過不及格分數就是三十二分了。」

「不不不，老師妳說過了！對吧各位！」

池也為了聲援須藤而喊道。

「你們講什麼都沒用。這是不爭的事實。這次期中考的不及格標準是未滿四十分。也就是說須藤少了一分。真是可惜啊。」

「四、四十分！我可沒聽說過！我怎麼能接受啊！」

「既然如此，我就告訴你這間學校對於不及格的判定標準吧。」

茶柱老師在黑板上寫出簡單的算式。

上面寫著——79.6÷2=39.8這些數字。

「上次跟這次的不及格標準，都是每個班級各別設定的。而它的算法是平均分數除以二。所以得考到這個答案以上的分數。」

換句話說，三十九點八分以下就會遭受不及格的判定。

「如此一來就證明了你不及格。以上。」

「這是騙人的吧……也就是說……我……我要被退學了嗎？」

「雖然這段時間很短暫，不過辛苦你了。放學後要請你提出退學申請書，而屆時也需要監護人陪同。我待會兒會去做連絡。」

老師淡然、若無其事地進行報告。學生看見老師這種模樣，才終於開始體會到這是事實。

「剩下的學生都做得很好。毫無疑問都及格了。避免在下次的期末考不及格，你們要好好精進自己。那麼，下一件事情——」

「老、老師。請問須藤同學真的要被退學了嗎？有沒有補救方案呢？」

最先擔心須藤的人，是平田。

儘管須藤討厭他，還對他說出了粗暴無禮的話。

「這是事實。只要考不及格就到此為止了。須藤要被退學。」

「……能不能請您讓我看一下須藤同學的答案卷？」

「你就算看了，上面也沒有地方改錯喔！算了，我早就料到會有人提出抗議。」

老師似乎把須藤的英文答案卷帶了過來。她把答案卷遞給平田。

平田隨即將視線落在題目上。然而，卻馬上露出沉重的表情。

「沒有……改錯的地方。」

「如果你已經懂了的話，那麼班會就到這裡結束了。」

茶柱老師沒給予任何同情或機會，便無情地宣告須藤必須退學。池跟山內他們也知道安慰會造成反效果，於是無法說出什麼話。關於這點，平田他們也一樣。讓人傷心的是，部分同學感覺還鬆了口氣。這應該是他們對須藤這個班上的累贅能夠消失，而感受到的喜悅吧。

「須藤，放學後過來教師辦公室。就這樣。」

「……茶柱老師，能不能再讓我問一點問題呢？」

迄今保持沉默的堀北，迅速舉起了纖細的手臂。

堀北在目前為止的校園生活中，從來都沒有主動發言過。

對於這般異常的情景，以茶柱老師為首，全班都發出了驚呼。

「堀北，這還真是罕見耶。妳居然會舉手發問。怎麼了？」

「老師，您剛才說上次考試未滿三十二分就是不及格。而這是依據剛剛的算式所求出的。請問這和上次的計算方式沒有差別嗎？」

「是啊，沒有差別。」

「那麼這裡就出現了一個疑點。我算出上次考試的平均成績是六十四點四分。將它除以二，就是三十二點二。換句話說，它超過了三十二分。即使如此仍是未滿三十二分才算不及格，也就意味著小數點被捨去了。這和這次的算法互相矛盾。」

「的、的確是這樣。如果依照上次的規則，那期中考未滿三十九分才算不及格！」也就是說，考到三十九分的須藤，能千鈞一髮地避開不及格。

「原來如此。妳似乎是預料到須藤的成績會很危險，所以才會只有英文成績考得這麼低啊。」

「堀北，妳……」

須藤好像察覺到了什麼。接著像是突然驚覺到什麼，其他學生也將目光投向黑板上張貼的紙後，發現了這件事。儘管堀北五個科目之中有四科滿分，但是只有英文的成績極端地低，是五十一分。這明顯地不尋常。

「妳該不會是——」

看來須藤也注意到了。

與其說是「或許」，不如說「肯定就是如此」。堀北為了多少降低英文的平均分數，而把自己的成績盡可能地往下降。

「如果您認為我的想法有誤，那請您告訴我上次跟這次的計算方式不同的理由。」

眼前忽然降下一道曙光。這是最後的希望了。

「這樣啊。那麼，我就更詳細地說明吧。很遺憾，妳的計算方式有一個錯誤。在算出不及格的標準的時候，會將小數點四捨五入。所以上次的考試就判定為三十二分，這次則是四十分。這就是答案了。」

「……」

「妳自己心裡應該也有發現小數點以下會四捨五入。妳應該是相信這個可能性，才會提出意見的吧……不過很遺憾呢。第一堂課差不多要開始了，我要走了。」

堀北失去追擊手段，陷入了沉默。茶柱老師的話並無矛盾。最終手段也就這樣子沒了。教室的門「砰」的一聲關上後，教室就被寂靜給籠罩。

雖然須藤對於退學的事實感到不知所措，但還是盯著為了救援他而降低自己分數的堀北——那個不管怎樣都想阻止須藤退學，而把自己的分數降到極限的堀北。

「……抱歉，我應該稍微再把分數降到最低限度的。」

堀北這麼簡短地說完，就慢慢坐了下來。

然而，對堀北來說，五十一分就算是個相當低的分數了。

要是再降到四十分附近，最壞的情況就是她自己也有遭受退學的風險。

「為什麼……妳不是說很討厭我嗎？」

「我只是為了自己而行動，你別搞錯了。雖然最後也白忙一場。」

我慢慢地站了起來。

「你、你要去哪裡啊，綾小路！」

「廁所。」

我這麼說完，就走出教室，快步走向教師辦公室。茶柱老師應該已經回到辦公室了吧。雖然我這麼想，但走到一樓卻看見茶柱老師站在走廊上凝視著窗外。就像是在等著誰。

「是綾小路啊。怎麼了，快要開始上課了喔。」

「老師，能不能讓我問一個問題？」

「……問題？你就為了這個而特地追過來啊。」

「我有事想請教您。」

「繼堀北之後，沒想到連你也有問題要問。到底想問什麼？」

「您認為現在的日本、這個社會平等嗎？」

「這話題還真是突兀啊。怎麼會突然問這個？讓我回答這個有什麼意義嗎？」

「這是很重要的事情。能請您回答嗎？」

「依我的看法來說，這世界當然是一點都不平等。」

「是的，我也認為平等只是謊言。」

「你追過來是為了要問這種事嗎？如果只是這樣，那我要走了。」

「老師，您在一個星期前宣布了考試範圍有變更。當時您是這麼說的——『我忘記告訴你們了』。這件事是事實，實際上我們也比別班還晚一個星期才收到通知。」

「我在教師辦公室裡說過了吧。這又怎麼了？」

「我們的考題相同，成績也都同樣會反映到點數上，也同樣承受攸關退學的危機。儘管如此，D班卻被迫在不平等的條件下進行了考試。」

「換句話說你對這無法接受嗎？不過這是個好例子。這正好能說是不平等社會的縮影。」

「就算再怎麼偏心看待，這個社會也確實不平等。然而，我們人類是能夠進行思考的生物。」

「你想說什麼？」

「也就是說，我們至少也得讓它看起來是平等的。」

「……原來如此啊。」

「『遲了一個星期的通知』究竟是偶然還是故意，對我來說都無所謂。然而，現在卻有一名學生被這份不平等逼得必須退學。這也是事實。」

「你要我怎麼做？」

「我就是前來詢問這件事。我希望引起不平等的校方，能做出適當的處置。」

「如果我說不要呢？」

「我只是要適時弄清判定的正確與否。」

「真可惜。你的說法確實沒錯，可是我無法接受這項提議。須藤必須接受退學。現階段是無法推翻的。你就放棄吧。」

茶柱老師把我準備的理由當成耳邊風。但她說的話也並非不合邏輯。

這個人說話果然總會帶有弦外之音。

「現階段無法推翻，換句話說，還是有推翻的方法對吧？」

「綾小路，我個人很欣賞你。你在這次考試中很快就展現了能力。獲得考古題就是其中一種正確解答。然而，這本身不過是常識範圍內的方法。只要稍微認真想，不論誰都能想到。不過你卻是第一個會和全班共享考古題，並提高班級平均分數的學生。我認為，你能夠想到這一步的邏輯能力，才是最有價值的。我就坦白地稱讚你吧。你做得很好。」

「拿到考古題的是櫛田，分享給大家的也是她。我什麼也沒做喔。」

「我了解這是因為你不願意拋頭露面，引起騷動。可是高年級生也有自己的任務。雖然很遺憾，但你和三年級學生接觸的事情，我也都掌握了。」

看來我的行動比想像中還洩漏得更徹底。

「不過，即使得到了可信的考古題，在最後關頭還是犯下了錯誤。這就是失敗的原因。如果

事先讓須藤背得更徹底，他的英文也就會像其他科目那樣及格了吧？你這次要不要就乖乖放棄，拋棄掉須藤？這麼做將來也許會比較輕鬆喔！」

「或許……的確是這樣吧。可是我這次已經決定要幫忙了。該說放棄還太早了嗎？況且現在也還有能嘗試的辦法。」

我從口袋拿出了學生證。

「你打算做什麼？」

「請把須藤英文成績的一分賣給我。」

「…………」

茶柱老師圓睜雙眼看著我，接著放聲大笑。

「哈哈哈哈哈！你說的話還真有趣啊。你果然是個奇怪的學生。沒想到你會叫我賣你分數，我真是連想也沒想過。」

「老師，您在入學典禮那天不是說過了嗎？這所學校沒有點數買不到的東西。即使是期中考，它也算是校內的事物之一喔。」

「原來如此、原來如此。這種思考方式的確也不是不可行。不過，這個金額你未必付得起喔！」

「那麼，請問那一分的價格是多少呢？」

「這還真是個難題。因為我至今都沒賣過分數呢。我想想……那我就特別算你十萬點。如果你能現場支付，賣給你也不是不行。」

「老師，您還真是壞心眼呢。」

開學以來的這一個月，應該沒有半個學生連一點都沒使用吧。

簡單說，不會有學生自己本身就擁有十萬點。

「——我也要付點數。」

從我身後傳出這樣的聲音。我回過頭，就看見堀北站在那裡。

「堀北……」

「呵呵，你們果然是個有趣的存在。」

茶柱老師拿走了我的學生證。接著，也拿走了堀北的。

「好吧。你們要買一分給須藤的這件事，我就受理了。我要向你們徵收合計十萬點。關於撤消須藤退學的事就由你們去轉達吧。」

「這樣就沒問題了吧？」

「我跟你約定好要賣十萬點了啊。沒辦法。」

儘管茶柱老師看來很傻眼，但似乎也有些開心似的說著。

「堀北，你也稍微了解綾小路的才能了吧？」

「……誰知道呢。依我看來他只是個討厭的學生。」

「什麼嘛。說我是討厭的學生……」

「你能考到一定程度的分數卻不這麼做，而且就算想到要拿考古題，也把功勞推給櫛田同學。甚至還想到要買分數的這種蠻橫行為。我只覺得你是個脫離常軌的討厭學生。」

看來她連考古題的那段話都聽到了。

「有你們在的話，班級說不定真的就能晉升了呢。」

「他就暫且不論了，我可是一定會爬到上段班的。」

「過去D班一次也沒有晉升過。那是因為你們是校方捨棄的瑕疵品。你們這樣又該怎麼往上爬呢？」

「老師，能不能聽我說句話？」

堀北毫無動搖地回視著茶柱老師。

「也許事實上大部分的D班學生都是瑕疵品。但是，瑕疵品跟廢物是不一樣的。」

「廢物跟瑕疵品有何不同？」

「是否為瑕疵品，就只有一線之差。我認為只要稍微給予修繕、變更，它就有可能轉變成良品。」

「原來如此。經由堀北這麼說，就格外有說服力了。真是不可思議。」

我也贊成老師所說的話。正因為是由堀北說出口，這些話才有意義。

輕視他人、擅自斷定他人就是累贅的堀北，現在正在產生改變。

事情當然沒有這麼簡單。然而，就算只能看見零星的片段，這也算是很大的改變。茶柱老師似乎也感受到這點，於是露出了淺淺的笑容。

「那麼我就期待吧。身為班導，我會熱切地守望著你們的未來。」

茶柱老師留下這段話，就往教師辦公室離去。

我們就這樣被留在原處。

「那麼，我們回去吧。快上課了。」

「綾小路同學。」

「嗯？唔噗！」

堀北狠狠地往我的側腹揮了一記手刀。

「很痛耶，妳幹嘛啊！」

「不經意就打下去了。」

她一說完，就丟下痛不欲生的我走掉了。

這班級真是麻煩……我還真是被棘手的傢伙給盯上了。

我一面這麼想，一面往那名少女的身後追去。

慶功宴

「乾杯！」

池拿著罐裝果汁大聲喊道。

期中考成績公布的隔天晚上，「前」不及格組齊聚一堂。除了堀北之外，大家臉上都充滿笑容，對於從讀書中解放，及沒半個人退學的事感到喜悅。

與朋友患難與共、共度難關。說不定這就是青春吧。

現在要是除去我唯一的不滿之處，這就絕對不是件壞事。

「……你怎麼了啊，擺出這麼陰沉的表情。須藤可是不用退學了喔！」

「你們要開慶功宴，我是不介意而且也贊成。可是，我在想為什麼你們要在我的房間舉行。」

「我的房間很亂，須藤跟山內也一樣。況且也不能在女生的房間辦吧？不對，雖然對我來說小櫛田的房間會比較好呢。話說回來，綾小路你的房間還真是沒什麼東西耶。」

「開學也才兩個多月啊，有什麼東西才不可思議吧。」

除了日常用品，我不覺得有什麼其他必要的東西。

「小櫛田，妳覺得呢？」

「我覺得不錯呀。雖然很簡樸，不過感覺很乾淨。」

「聽見了嗎？真是太好了啊，你被小櫛田稱讚了。哈哈哈哈。」

池因為私仇而用手指狠狠地戳我。

「話說這次期中考還真是驚險啊。要是沒有辦讀書會，就算我沒問題，池跟須藤也絕對會出局呢。」

「啥？你不也是在危險邊緣嗎？」

「不不不，如果我認真的話，可是能考滿分的喔。我說真的。」

「這也全是堀北同學妳的功勞呢。因為是妳教池同學他們念書嘛。」

堀北一個人靜靜低頭看著小說，沒打算參與聊天。察覺有人在叫自己之後，她就夾上書籤，並抬起頭來。

「我只是為了自己才這麼做的。因為要是D班出了退學學生，評價就會降低。」

「就算是謊言也好，在這裡妳也應該說『不想讓大家退學』之類的話。這可是會提昇好感度的喔。」

「不提昇也無所謂。」

唉，雖然她的態度和平常沒什麼不同，但光是肯參加這次集會，應該就算是有進步了。如果是以前的堀北，應該毫無疑問地不會來這種場合。

「該怎麼說……堀北還真是意想不到的好人啊。」

須藤為了袒護堀北而如此說道。

自從堀北向須藤道歉，須藤對她的態度就完全軟化。他先前明明還聲明自己沒辦法接受堀北。人還真是說變就變啊。

「話說回來，關於須藤同學的退學，妳是怎麼讓老師撤銷的呀？」

「我也很在意耶。小堀北，您是使用了什麼魔法啊！」

「誰知道，我不記得了呢。」

「唔哇，是祕密？」

池往後跌，做出誇張反應。

「你們只不過是度過了期中考，最好不要太高興。下次等著我們的就是期末考。我可以預料到期末題目的難易度會比這次還高。而且，為了增加點數，我們也必須找出能夠加分的項目。」

「地獄般的讀書時間又要開始了啊……太糟糕了。」

池就這麼倒在地上地抱著頭。

「為了避免變成那種情況，你就不會考慮要從現在開始讀書嗎？」

「不會！」

看來他不會。

「這間學校還真讓人搞不懂呢，像是分班制度呀，還有點數制度。」

「啊～點數啊～我好想要點數～貧窮的生活真是太糟了～」

池跟山內都花光了點數，現在正以學校準備的免費物資應急。

「欸，堀北同學。我們要獲得點數，果然還是很困難嗎？」

「我們期中考都努力過了，應該會給我們一大筆點數吧！」

「你有好好地看到D班的平均分數嗎？我們整個班級被遠遠甩在最下面。如果你以為這樣就能得到點數，我勸你還是改變想法吧。」

堀北還真是口無遮攔。或者，應該說她是毫不留情地提出了事實。

「那下個月也是零點喔……嗚嗚……」

「你就把它想成是在培養節儉的生活態度，然後放棄吧。」

「池同學，沒問題的。雖然現在還沒辦法，不過我們一定很快就能獲得點數。對吧？堀北同學。」

「妳在說什麼？」

「說出來也沒關係吧？在座的大家也都是夥伴嘛。我和堀北同學，還有綾小路同學，決定同

心協力往最上面的班級爬。換句話說，就是以A班作為目標。如果可以的話，我希望你們三個也來幫忙呢。」

「以A班……作為目標？」

「嗯，當然呀。想要增加點數，當然就得以上段班作為目標嘛。」

「不是啊，可是說A班不會太超過了嗎？他們都是一群腦袋很好的傢伙吧？讀書要贏過那群人絕對不可能吧？」

就算從考試的平均成績去看，堀北那種等級的傢伙也比比皆是吧。

「我想校方不會只以讀書方面來決定班級啦……對吧？」

「我也認為不只如此。不過，事實上要是沒辦法讀書的話，接下來也一定會沒戲可唱。」

明顯無法成為戰力的三個人，轉移了視線，並露骨地吹起口哨。

「雖然現在還差得遠，可是只要我們一起加油，就一定能順利進行喲。絕對會。」

「妳的根據是什麼？」

「該說是根據嗎……妳看，有句話說——一枝箭能夠被單獨折斷，可是只要三枝聚集在一起就折不斷了。」

「至少我認為這三個人就算綑在一起也會被折斷。」

「那……那麼，是那個啦，三個臭皮匠勝過一個諸葛亮！應該是像這樣感覺。」

「他們三個的考試成績加起來，才勉強是一個正常人該有的成績呢。」

每當櫛田捧起他們三個，堀北就將其拋出、擊落。這搭配還真厲害啊。

「可是就算彼此爭吵不是也沒有好處嗎？大家好好相處絕對比較好喲。」

「……雖然妳這樣講也沒錯。」

「對吧？」

就連堀北沒辦法反駁這些話。

反正既然都以晉升作為目標，盡可能和更多同學打好關係會比較好。

如果在這個階段就起爭執，那就真的無法繼續一起奮鬥下去了吧。

「所以呀，我再次懇求你們三個能夠協助我們。」

「我很樂意！」

池和山內舉起手立刻回答。

「算了，如果堀北堅持的話，我就幫忙吧。怎麼樣啊。」

須藤隱藏害羞地如此說道。

「須藤同學，我從來都沒想過要依賴你，也沒有想讓你幫忙。畢竟我也很難想像你會成為戰力呢。」

「唔……妳這臭女人……我一放低姿態，妳居然就得易忘形了……」

「你那是打算放低姿態嗎？我還真是嚇了一跳。」

堀北明明就完全沒有嚇到。須藤雖然很憤怒，但至少他沒做出像是舉起拳頭的舉動。哎呀，真是進步了啊。

「妳這女人還真讓人不爽。」

「謝謝。我會把它當作稱讚的。」

「……這女人真不可愛。」

「嘴巴上雖然這麼說，實際上又是怎樣呢？」

池調侃道。這個瞬間，須藤以非常嚇人的表情瞪著池，並對他用頭蓋骨固定技。

「好痛！好痛啊！住、住手！」

「你要是再多嘴，我就勒你喔！」

「你……你已經正在勒了！你已經正在勒了啦！我投降！我投降！」

堀北目睹了「男生之間的友情（？）」，打從心底嘆了口氣。

「這是間實力至上主義的學校。接下來一定會有很激烈的競爭等著我們。你們如果要幫忙，就不要抱著草率的心情。因為這樣只會成為絆腳石。」

「如果是比腕力的話就交給我。我對籃球跟打架很有把握。」

「……真是完全無法指望你呢。」

實力至上主義……嗎？我覺得內心深處有點忐忑。

我明明就打算要遠離這種世界，回過神來卻已經投身在其中。這已經可以說是被詛咒了吧？

堀北是真心想以A班為目標。她的決心應該無可動搖吧。

然而，我們D班要達到那種程度卻不簡單。

光靠現有的戰力，也許連晉升C班都沒辦法。

若是如此，我今後又該如何是好呢？

應該也只能順其自然了。我還是暫且努力看看吧。

至少……希望也能看見堀北露出笑容的模樣。

後記

好久不見，以及初次見面。我是衣笠彰梧。

繼上次出書，大約也相隔了一年多了吧。

現在我已經從學生轉為大人，正因如此，這次我才會想嘗試挑戰這個題材，執筆《歡迎來到實力至上主義的教室》。

會這麼說，也是因為我回想起自己還是學生的時候，周圍都不斷苦口婆心地要我念書。要考上好大學、要進入優秀的企業、要過一個美好的人生——我最近開始懷疑這些建議，到底是不是正確的答案。雖然，我很不湊巧地在途中脫離了正軌，一頭栽進了與家人或周遭的想像完全不同的世界……

讀書當然很重要，也無庸置疑地對將來有用。然而，這次我想說的是——讀書並不是一切。

舉一個淺顯易懂的例子來說，運動作為學校教育的一環而受到了推動。努力運動的學生之中，也有很多人讓意料外的才華開花結果，在將來成為像是職棒選手或者排球選手，這類例子其實相當多。就像這樣，人的個性各不相同。擅長繪畫的孩子適合成為插畫家，擅長搞笑的就會成

為搞笑藝人。而除讀書和運動之外，更存在著無數種適合自己的天職、職業。

當我開始這麼想的時候，當初「要是那麼做就好了」——腦中便閃過了長大後才能體悟的後悔。這般後悔自己過去的行為的。直到今日，我還是很後悔。

那麼，接下來是致謝詞。

トモセシュンサク大人，感謝您總是陪伴著我。非常感謝您這次也描繪出非常出色的男性角色……不對，是充滿魅力的男性跟女性角色。

您的恩情我時時銘記在心，今後也請多多指教。我們近期一起去吃燒肉吧。由我請客，但僅限於便宜的吃到飽喔！

編輯I大人。執筆期間真的承蒙您照顧了。前作也是屢屢給您添麻煩，這回又讓您花了更多的時間來協助我。咦？「不要再丟給我累人的工作了，你就饒了我吧」？哈哈哈，您真愛說笑。今後您還得好好地陪著我。這是張通往地獄底層的單程車票，落入時我們可要彼此作伴喔！

最後，致各位讀者——因為對有讀者，才會有作者。如果沒有閱讀的人，也不會有今天的我。在此種意義上，或許各位也算得上是本作的主旨出了一份力。

最重要的是我對各位讀者表示感謝，並作為這一集的總結。

二〇一五年已完全入春，而我的身體狀況還是老樣子說不上很好。雖然我每天都持續與失眠交戰，不過我會不認輸地繼續努力。

Kadokawa Light Novels

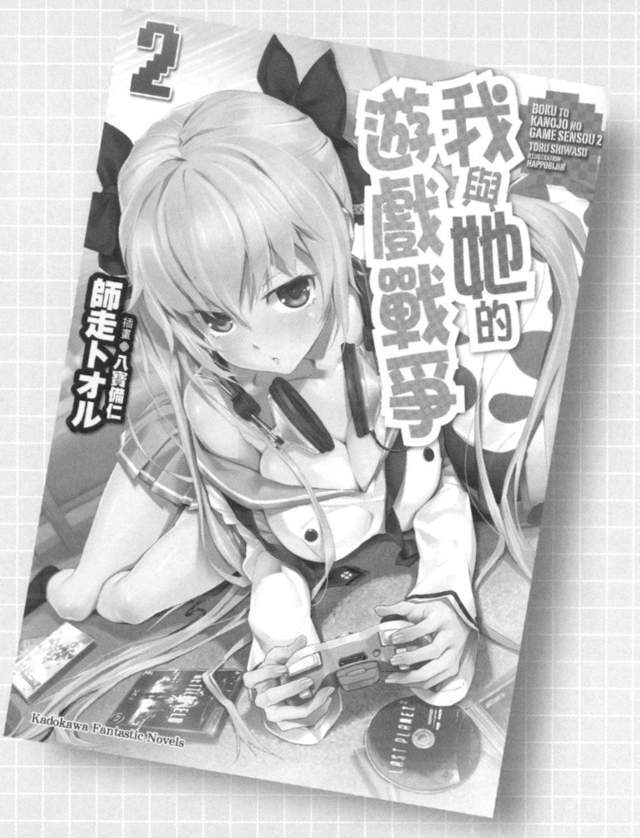

我與她的遊戲戰爭 1~2 待續

作者：師走トオル　插畫：八寶備仁

知名電玩遊戲以真實名稱登場的話題人氣系列，
必定讓你興奮得手心冒汗！

岸嶺健吾加入了現代遊戲社，雖然初次挑戰電玩大賽輸得一敗塗地，不過他總算振作起來，與天道及瀨名著手解決擺在眼前的問題：缺少的第四名社員。就在他們四處尋覓時，一個態度強硬的金髮蘿莉巨乳少女出現在他們面前……

各 **NT$220~240/HK$68~75**

台灣角川

Kadokawa Light Novels

東池袋迷途貓

作者：杉井 光　插畫：くろでこ

由街頭流浪貓為您演唱，
以酸甜青春譜成的音樂故事——

我拒絕上學、終日關在房裡聽音樂後的某一夜，在垃圾集中處撿到一把紅色吉他。死於車禍的吉他手凱斯的靈魂竟附在那把吉他上。我被凱斯踹上池袋街頭，開始了現場演唱的生活，也因此認識了隱瞞身分的女歌手Miu以及許許多多的街頭藝人——

台灣角川

NT$190/HK$58

Kadokawa Light Novels

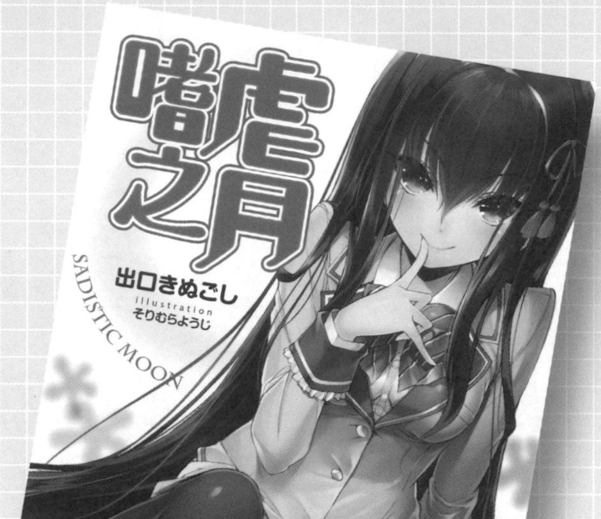

嗜虐之月

Kadokawa Fantastic Novels

作者：出口きぬごし　插畫：そりむらようじ

這名少女很危險！小心你的命〇子！
評價兩極的抖Ｓ問題作悄悄登場！

幸德秋良是一位罕見的美少女──前提是先撇開她那詭異外加令人退避三舍的個性不談。這是一篇描寫被她盯上的少年──久遠久重新取回他原以為毫無意義的人生之前那一段充滿了愛與感動，既猥褻又殘忍而且下流的故事……應該吧？

NT$190/HK$58

台灣角川

Kadokawa Light Novels

土橋真二郎
插畫／白身魚

1

逃殺競技場

Kadokawa Fantastic Novels

逃殺競技場 1 待續

作者：土橋真二郎　插畫：白身魚

一場被籌畫好的殘忍死亡遊戲，
令人目不轉睛的學園逃生懸疑小說！

某日，高中生萩原悠人得知本應已自殺身亡的同學月島伊央，參加了名為「競技場」的死亡遊戲。悠人和同學們一起從外部支援伊央，試圖成功破解遊戲……被一起集結至此的三十個人之間的共通點，將成為令人恐懼的真實！

NT$180/HK$55

隱匿的存在

原案：KEMU VOXX　作者：岩關昂道　封面、彩頁插畫：hatsuko

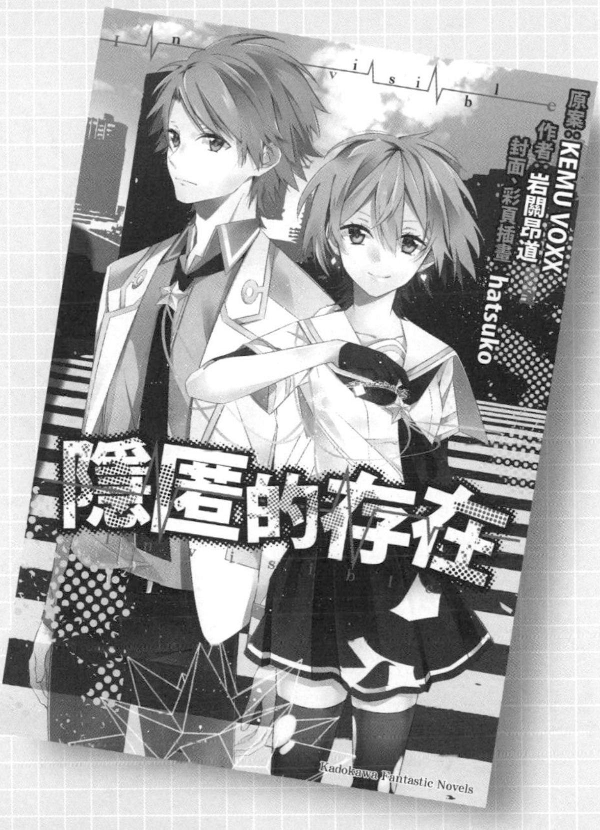

實力派創作團體KEMU VOXX
播放次數破200萬的超人氣VOCALOID曲輕小說化！

自小父母雙亡的草平，因昔日的摯友聖從中作梗，在班上遭到孤立，和一起生活的姑姑也無法和睦相處，唯一能理解他的晴香亦成了草平無法觸及的存在。失去容身之處的草平，發現他人突然無法看見自己的身體、無法聽見自己的聲音——草平成為了透明人。

NT$220/HK$68

Kadokawa Light Novels

2

兔月山羊
UZUKI YAGI
PRESENTS

Intellectual Suspense

ILLUSTRATION NILITSU｜ニリツ

THE BREAKER

破除者

【斷罪的處刑者高聲歌唱】

THE BOONDOCK SAINTS SINGS...

Kadokawa Fantastic Novels

破除者 1~2 待續

作者：兔月山羊　插畫：ニリツ

一刻都不容鬆懈的智慧頭腦戰——
獻上緊張刺激的犯罪懸疑小說第二彈！

不承認醫療疏失的院長、開車輾斃孩童的女演員……現在，出現了將這些「受社會輿論譴責之人」接連殺害的連續殺人犯「大眾公敵」！將殘忍的處刑過程公開實況的他，其真正意圖究竟為何？「Breaker」緋上彼方將挑戰藏身於謎霧後方的重大殺人犯！

各 **NT$220~240/HK$68~75**

台灣角川

Kadokawa Light Novels

青春豬頭少年不會夢到戀姊俏偶像
鴨志田一
插畫♪溝口ケージ
Kadokawa Fantastic Novels

青春豬頭少年不會夢到戀姊俏偶像

作者：鴨志田 一　插畫：溝口ケージ

麻衣的內在竟與某人對調了!?
對方是新人偶像，而且還是麻衣的妹妹!?

咲太滿心期待見到久違的麻衣，等待他的卻是「你是誰啊？」這句無情的話語。看來因為思春期症候群，麻衣的內在和某人對調了。對方是新人偶像豐濱和香，麻衣同父異母的妹妹，因為和母親吵架，離家出走來找麻衣，兩人必須假扮成彼此過生活——

台灣角川

NT$220~250/HK$68~75

國家圖書館出版品預行編目資料

歡迎來到實力至上主義的教室 / 衣笠彰梧
作 ; Arieru譯. -- 初版. -- 臺北市 : 臺灣角川,
2016.04-
冊 ; 公分
譯自 : ようこそ実力至上主義の教室へ
ISBN 978-986-473-040-7(第1冊 : 平裝)

861.57 105003092

Kadokawa Fantastic Novels

歡迎來到實力至上主義的教室 1

（原著名：ようこそ実力至上主義の教室へ）

2016年4月27日　初版第1刷發行
2023年1月3日　初版第18刷發行

作　者：衣笠彰梧
插　畫：トモセシュンサク
譯　者：Arieru

發行人：岩崎剛人
總編輯：蔡佩芬
編　輯：黃怡珮
美術設計：宋芳茹
印　務：李明修（主任）、張加恩（主任）、張凱棋

發行所：台灣角川股份有限公司
地　址：104台北市中山區松江路223號3樓
電　話：（02）2515-3000
傳　真：（02）2515-0033
網　址：www.kadokawa.com.tw
劃撥帳戶：台灣角川股份有限公司
劃撥帳號：19487412
法律顧問：有澤法律事務所
製　版：巨茂科技印刷有限公司
ISBN：978-986-473-040-7